U0140502

廣西文化
文化广西

艺术

广西历代书画

孟远烘　颜以琳　著

广西美术出版社

图书在版编目（CIP）数据

广西历代书画 / 孟远烘，颜以琳著 .—南宁：广西美术出版社，2021.6
（文化广西）
ISBN 978-7-5494-2365-1

Ⅰ . ①广… Ⅱ . ①孟… ②颜… Ⅲ . ①书画艺术—美术史—广西 Ⅳ . ① J212.092

中国版本图书馆 CIP 数据核字（2021）第 071783 号

出 版 人 陈　明
出版统筹 郭玉婷
设计统筹 姚明聚
印制统筹 罗梦来
责任编辑 霍晨洋　潘海清
责任校对 陈小英　张瑞瑶　李桂云　韦晴媛
美术编辑 李　冰
责任印制 王翠琴　莫明杰
书籍设计 姚明聚　徐俊霞　刘瑞锋　唐　峰　魏立轩

出　　版 广西美术出版社
南宁市望园路 9 号　邮政编码：530023
发行电话 0771-5701335
印　　装 广西民族印刷包装集团有限公司
开　　本 1230 mm × 880 mm　1/32
印　　张 6.25
字　　数 100 千字
版　　次 2021 年 6 月第 1 版　2021 年 6 月第 1 次印刷
书　　号 ISBN 978-7-5494-2365-1
定　　价 28.00 元

前　言

◆

书画是书法和绘画的简称。狭义上的书画作品，指写在或画在纸上（或绢上）的文人书法和绘画作品。从这个概念来说，广西遗存下来的书画作品，基本上自清代才有，因为年代久远和战乱等，广西清代之前的纸本书画作品很难保存下来。从广义上说，不管是纸上的还是陶瓷、铜器、石头和木头上的字和图画，都属于书画作品。从这个角度去看，广西还是有不少书画作品留存下来的，很多还是我国艺术史上鼎鼎大名的书画大师所创作的呢！

广西书画最早的源头，可以追溯到史前陶器上刻画的水波纹，那些刻画得虽然简单但恣意潇洒的线条，是广西先民艺术才华的最早的崭露。到了先秦和汉代，广西的经济和文化已经有了较大的发展，特别是汉代，合浦和贵港是广西比较发达的两个地方，其中贵港是郡治之所在，而合浦则是海上丝绸之路的始发港。汉代广西遗存下来的绘画基本上是刻或画在青铜器、木器上的，这些图画非常精细传神，说明那时广西工匠的绘画技巧就已发展得很成熟了。在出土的汉代器物中，也有少量的书法篆刻作品。

唐代一些文化界的精英因朝廷内部权力斗争而遭到排挤贬

斥，被流放到广西特别是桂北地区，给广西带来了中原先进文明，极大地促进了广西文化发展。被流放到广西的文化名人和书法家，数量不少，有些还是名家和大家。由这些人的到来而引来其好友在广西留下文章和书法的也不在少数。这些谪居或游历至此的官员、文人、学者等，把在广西时的所见所闻写成诗文，并刻于广西的一些岩洞石壁上，构成了广西唐代书法作品的主要形态。在美术方面，广西特别是桂林在唐代有数量庞大的摩崖佛像雕刻，但绘画则少有遗存。

宋代，广西的石刻书画作品丰富，数量较多，质量较高。桂林和宜州两个地方遗存了一些宋代的崖壁、碑石的线刻绘画作品，这是广西新出现的艺术形式。这一时期，广西的书法石刻不乏大家、名家作品。其中，楷书石刻占据近半，大部分是以颜柳书风为基本面貌；行楷书石刻数量也非常多，精品不少，多数是在米芾、黄庭坚、苏轼三家的风貌基础上的变化；草书碑刻较少，也有一些行楷书中杂糅了行草书。此外，还有少量的隶书、篆书刻石和几处篆额。

元代，由于朝代的时间短，加上战乱以及统治者不重视，广西遗存的书画作品不多，但仍有少量精品得以留存下来。绘画方面，广西出现了首位有具体姓名记载并有作品传世的画家丁方钟，他所作的《孔子像》至今仍镌刻于桂林独秀峰上。另外，现存于柳州柳侯祠的《柳宗元像》，也是不可多得的线刻精品。广西元代时期的书法几近空白，有史可考的仅有几块碑刻，书写水准也不高，风格都以颜体为基本趋向。

明代，广西在文化上得到全面恢复与发展，科举文化教育发展、人才辈出推动了书法的普及和提高。在这样的背景下，广西书法整体水平有所提升，书法碑刻数量明显增加，其中也不乏可观者。然而，由于缺乏名家，广西明代碑刻上乘之作稀少。就其书体与书风而论，广西楷书碑刻多为颜体和柳体的变形，也有少量取法褚遂良、虞世南、欧阳询；行楷书碑刻多取法苏轼、黄庭坚，也有少量取法赵孟頫和米芾；行草书碑刻不多，以取法“二王”和张旭为主；篆书碑刻多作题额，取法秦小篆和南北朝墓志方篆；隶书碑刻稀少，多取法汉《西狭颂》和《郙阁颂》。广西明代书法碑刻中所涉及的人和事都极具文献价值。绘画方面，南宁的王阳明像是明代广西遗存下来的线刻精品。此外，还有富川瑞光塔观音像和桂林象鼻山普贤塔南无普贤菩萨像等。

清代，广西的绘画有了极大的发展，有许多纸本绘画作品传世，雍正至光绪年间的画家数以百计，其中有文人画家，也有职业画家，甚至出现了绘画教育机构，更为难得的，是出现了数个绘画世家。除纸本绘画之外，广西也有一些石刻绘画遗存，各地的书法碑刻也十分丰富，其中不乏名家名作。

从以上广西历代书画发展情况来看，广西留下了不少艺术珍品，并在中国书画史上占有一席之地。这些在广西发生的、与广西相关的书画作品，构成了广西书画发展的历史。在这本书中，我们精选了部分有代表性的书画家和书画作品进行深入的解读。通过解读，以点带面，能让我们更深入地了解广西历史上发生的故事、艺术以及文化。

目　录

唐代以前

唐代

宋代

文
化
广
西

元代

明代

清代

唐代以前

如果从“大美术”的角度去看，广西的美术历史可以追溯到80多万年前，那时的“百色手斧”不仅宣布了东亚的文明与世界文明是同步发展的，同时也证明了广西先民造型意识的萌芽。此后的左右江交汇三角地带出土的“桂南大石铲”更是宣布了造型精美的精神产品的出现。史前、先秦时期的陶器上的划纹，是广西先民绘画才情的最早流露。左江花山岩画，则是壮族先民伟大卓越的创造，它不仅被列入《世界遗产名录》，而且至今是广西文化艺术的精神象征。汉代广西已经非常发达了，青铜器上的錾刻图画以及漆器上绘制的图画，已经非常精美。书法方面，真正意义的书法作品则要晚些才出现，南朝的“买地券”和隋代《宁越郡钦江县正议大夫之碑》是唐之前较有代表性的书法作品。

神秘的鬼魅人影
——左江花山岩画

如果你坐船行驶在广西西南的左江一带，冷不丁你会看到有些山崖上趴着一个、几个或者一群人，仔细一看才发现那是画上去的。如果是独自夜行经过这些地方，看到这种场景，有可能会被吓出一身冷汗。以前就有人因此受到惊吓，把这些岩画称为“鬼魅人影”。

左江花山岩画共有 38 个点 109 处，分布在宁明、龙州、江州、扶绥、大新等县（区）。其中，宁明县驮龙镇花山的岩画规模最大、分布最密、保存最完整，是左江花山岩画的代表。

岩画是用红颜色画的，人物的造型非常简单，就是一个个巨大的像青蛙一样的人形。这些密密麻麻重重叠叠的蛙形人叉开双腿，举着双手，像是在练气功，又像是在跳舞，还像是在攀爬。仔细看，这些造型相似的人形，却又各不相同，有大小、尊卑甚至是男女之分，连发型、动作也不太一样。除了人物之外，画中的形象还有少量的狗等动物，铜鼓、羊角钮钟、环首刀等器物。

关于左江岩画，很少有史料记载，因此它形成了一个个巨大的谜团，甚至可能是永远无法解开之谜。比如它的作画年代是什么时候？作者是什么样的人？为什么要画这些岩画？这些岩画的内容和含义是什么？这些处在高高的悬崖峭壁上的巨大绘画，是怎么画上去的？它的颜料是什么成分组成的，以至于历经长年的日晒雨淋都不褪色变色？

专家们不遗余力地试图去破解这些谜团，提出了种种学说。关于岩画的内容和成因，有人认为画的是一种庆典，这些人在庆祝丰收或者是庆祝某场战争的胜利，他们聚集在一起载歌载舞；有人认为是为了祭祀，祭祀壮族的先祖或者是传说中的英雄人物（当地传说有一位能擒雷屠龙、治理洪水的英雄叫布伯），又或者是祭祀某种神灵，甚至是祭祀战争中死去的士兵；也有人认为画的是舞蹈、气功或者是战争前的点兵……关于岩画的创作年代，有人认为是远古时期，有人认为是近现代，有人根据羊角钮钟、环首刀等器物判定为战国早期至东汉时期……关于岩画是如何画上去的，有人认为是等涨水的时候坐在船上画的，有人认为是从山顶吊着绳子画的，也有人认为是搭竹架子画的……这些学说从各种角度去试图还原千百年前壮族先民的这一壮举，然而都不能给出令人信服的答案。较多人认同的岩画创作的年代，是战国早期至东汉时期。朋友们，你们认为哪种学说才是准确的呢？

不管专家的学说如何众说纷纭，不可否认的是左江花山岩画是壮族先民伟大的创造，如此瑰丽庞大而神秘莫测的岩画，不只是在我国，甚至是在全世界都是举足轻重的，因此，在2016年，“左江花山岩画文化景观”入选了《世界遗产名录》，这可不是容易得的，说明世界认可了我们这一人类瑰宝。左江花山岩画成

● 花山岩画　宁明县驮龙镇

为广西文化的象征，它的神秘气息，影响了众多广西艺术家的创作，广西的美术创作甚至包括文学创作都具有某种神秘的气息，与左江花山岩画在精神气质上的影响不无关系。直至今天，有些艺术家的创作或者设计，都还引用它极具特点的蛙人造型。

提梁铜筒上的连环画

汉代的时候，广西的合浦和贵港已经很发达了，这从两地汉墓出土的陪葬品中可以得到印证。合浦靠的是出海口，贵港则靠的是广阔的浔郁平原，有充足的粮食生产。

合浦汉墓出土的器物与贵港出土的有很多相似的地方，但也有各自鲜明的特点，合浦的以青铜器上錾刻图案为主要艺术特点，贵港的则以漆画见长。

1976 年 6 月，原贵县化肥厂扩建厂房的时候，无意中挖出了一座大墓，即罗泊湾一号汉墓。这座汉初的大墓，出土有大量精美珍贵的器物，其中最具特色的是漆器。这批漆器是用大漆涂画在铜器或木器上，图像风

● 漆绘提梁铜筒
广西壮族自治区博物馆藏

● 漆绘提梁铜筒展开效果图

格有具象的，也有装饰图案的，绘画技巧已经是很成熟的了。这件漆绘提梁铜筒上的漆画，就是最具代表性的作品。

漆绘提梁铜筒是用来装酒的，筒身被做成竹节的形状，独具匠心。筒身分两节，每节用黑漆画上图画，各分两段，共四段。两段中间画有两条横线间隔开。每段的内容既各自独立，又可连成一个整体，就像是一部连环画一样。

图画所画的内容是清晰可辨的。第一段画的是两人观斗兽的场景，最右边是一只老虎，虎右前肢抬起向前，与它相向的是一只腾空向前冲的独角兽，作搏斗的样子，画面中间是一只朱雀。第二段分为两组，一组画的是两人围着一只朱雀和一只兽对舞；另一组画的是一个人扛着矛牵着一条狗往前走，另一人跪送。第三段分为三组，第一组是一人骑着老虎；第二组有三个人，一个背着长矛站立，一个腋下挟着剑跪坐，第三个是一老者拄着杖前行；第三组三个人，以一盏高柄灯为中心，灯左侧有一人侧身站立，灯右侧有两个妇人一前一后跪坐。第四段分为三组，左边是一个人在与一只兽搏斗；中间是两个人相跪作揖；右边是两个人相向而揖。图画的形象虽然可以辨认，但表现的内容却不是那么好懂，有人认为是表现人物习武练气功的场景，也有人说是表现方士引导墓主灵魂升天的图景。我们比较认同后面的说法。

这幅图画以单线勾勒，已经具备了我国传统绘画以线造型、讲究起笔收笔的特点。线条以曲线为主，有轻重变化。用黏稠的大漆作画还能运笔流畅，婉转有力，显示出已经非常熟练的用笔技巧。物象造型简练，只寥寥几笔，但人物的形象、服饰、动态已经非常生动传神。特别是除主体之外，还描绘了花木、云气等，交代了环境，并营造出紧张、神秘、云舒气绕的氛围，也显示了其绘画技巧的成熟。这件作品已经是一件真正意义上的用笔作画的绘画作品，它除了是一件难得的艺术精品，同时还是研究当时历史情况的重要实证。

连连有鱼

——鱼水纹漆桶绘画

绘画的高度并不在于能够如实地反映对象，甚至也不在于笔墨等艺术技巧，而在于能够创造出本来并不存在的审美形象。鱼水纹漆桶图案就是这样一件富有创造力和艺术表现力的作品。

这件漆桶同样是 1976 年出土于贵县（今广西贵港）罗泊湾一号汉墓的，桶高约 29.3 厘米，圆柱形。盖顶为四层浅台阶式，盖边上方画有一宽一窄两道朱纹，下方一道窄朱纹。盖顶的四层浅台阶与盖边一圈一圈的纹样，是作者设计的匠心独运之精妙所在，它形成了一种漩涡的感觉，让人仿佛置身于深水的漩涡之中，有一种身临其境的妙不可言的感觉。桶身的上部和下部各用朱漆画有两道鱼纹，暗示浅水有鱼，深水也有鱼。中间是两道水纹夹一组涡纹，水纹和涡纹占画面的大部分面积，显示了水的深度。水纹以密集的短横线组织而成，既与漩涡纹形成疏密对比，同时两者又表示水中既有风平浪静的时候，也有波涛汹涌的时候。鱼的头部抽象概括成三角形，鱼身表面画漩涡纹，两条鱼连在一起，头部左右反向，中间为竖椭圆形表示重叠。各组以平行四边形隔开。这样设计的鱼儿显得连绵不绝，连连有鱼（年年有

● 鱼水纹漆桶　广西壮族自治区博物馆藏

余）。所有纹样以二方连续的形式延伸。整幅图案的纹饰大小、曲直、疏密相间，布置合理有序。绘画的形象虽然已抽象成几何图案，但整幅作品仍然呈现出一派水面波光粼粼、水中鱼儿窜游的美丽图像，给人以心旷神怡的身心享受。

能够把现实生活中具体的形象，概括成抽象的图案，需要非常高超的想象力、概括能力和艺术表现力，这件鱼水纹漆桶的图案，显示出汉代广西人民杰出的艺术创造才华。你说墓室主人享用着如此华美、如此有艺术表现力的器物，他的身份是何等的尊贵呢？

铜凤灯上的绘画

我们知道，合浦是“海上丝绸之路”的始发港之一，这一点不仅《汉书》上有记载，也有出土的文物作为佐证。合浦有近万座汉墓，其中就出土有波斯陶壶等一些舶来品。从出土的其他本土器物看，汉代广西的工匠已经具有高超的造型能力了，他们所塑造的青铜牛、鸟等很多动物都栩栩如生，令人惊叹。其中的一对青铜牛还能分得出公母。很多作品具有很高的艺术水平，羽纹

● 羽纹铜凤灯
广西壮族自治区博物馆藏

铜凤灯就是其中的代表。

羽纹铜凤灯是1971年在合浦县望牛岭西汉晚期一号汉墓出土的，有一对，它们的外形像凤鸟伸长着脖子回头看，所以我们把它们叫作凤灯。凤灯的设计很巧妙，长长的尾羽与双脚共同支撑着灯身，非常稳固。它的颈由两节套管相连，可以拆开和转动，还可以上下升降，调节灯光。凤嘴叼着喇叭形的灯罩，烟雾通过灯罩回到装水的肚子里，防止烟灰污染，具有环保功能。

凤鸟的全身刻有用细线浅刻的羽毛花纹，繁简相间，非常精致。眼睛只刻了两个圆圈，但已经具有神采。灯罩的纹饰分上下两个部分，上部分刻的是狮子捕羊的图案，下部分则刻着一圈丝线式的装饰。图案线条简练，神态生动，狮子拉长的身躯，显得很有力量，眼睛露出凶狠的目光，很是传神。羊伸直脖子，把痛苦和无助的眼神表现得淋漓尽致。这幅插图真称得上是绘画杰作。

在铜器上錾刻花纹和图画，是汉代铜器装饰工艺的一种新发展，这种技法主要发现于我国南方，尤其是以合浦西汉晚期的墓中出土的器物最为普遍，代表了当时当地的一种发达工艺。

羽纹铜凤灯的造型逼真精美，设计巧妙环保，纹饰插图细腻传神，具有极高的文化艺术观赏性和科学性、实用性。其他省份也有造型相似的凤灯出土，但合浦的凤灯造型更为精美，它和铜鼓、花山岩画一起，可以作为广西文化艺术的代表。

铜仓上的故事绘

汉代武士的服饰是什么样子的？佩剑是什么样子的？汉代广西人民吃的是水稻吗？够吃吗？这些问题我们可以从一个铜仓上找到答案。

1990 年合浦县黄泥岗 1 号墓出土有一个铜仓，属于东汉时期的陪葬品。这个铜仓的形状叫悬山顶干栏式，跟当时的建筑形式应该是一致的。铜仓的形状简单，但上面所刻的纹饰非常精美。屋脊和瓦面均以阴线刻出竹节纹筒、板瓦的形状，线条横竖、疏密相间，细腻流畅。檐口刻半圆瓦当。

铜仓中间的大门右下方刻有一只兽面铜铺首，双眼圆突，额头有鱼鳞纹，细密精美。兽面铜铺首左边是一只老鼠。铺首上方是一只凤凰在展翅飞翔，凤鸟头及身体的线条简练，但造型生动，羽毛则用细密的线去刻，非常漂亮。

门两边的铜壁上分别刻有两个大大的武士，武士面向着门站立，头及身体略向前倾，头戴帽，身着宽松的长袍，脚穿靴，手持长矛，腰佩短剑，好像是在守护仓门。武士图均为侧视图，形象特征刻画到位，五官透视准确，用线简练，令人赞叹。武士前

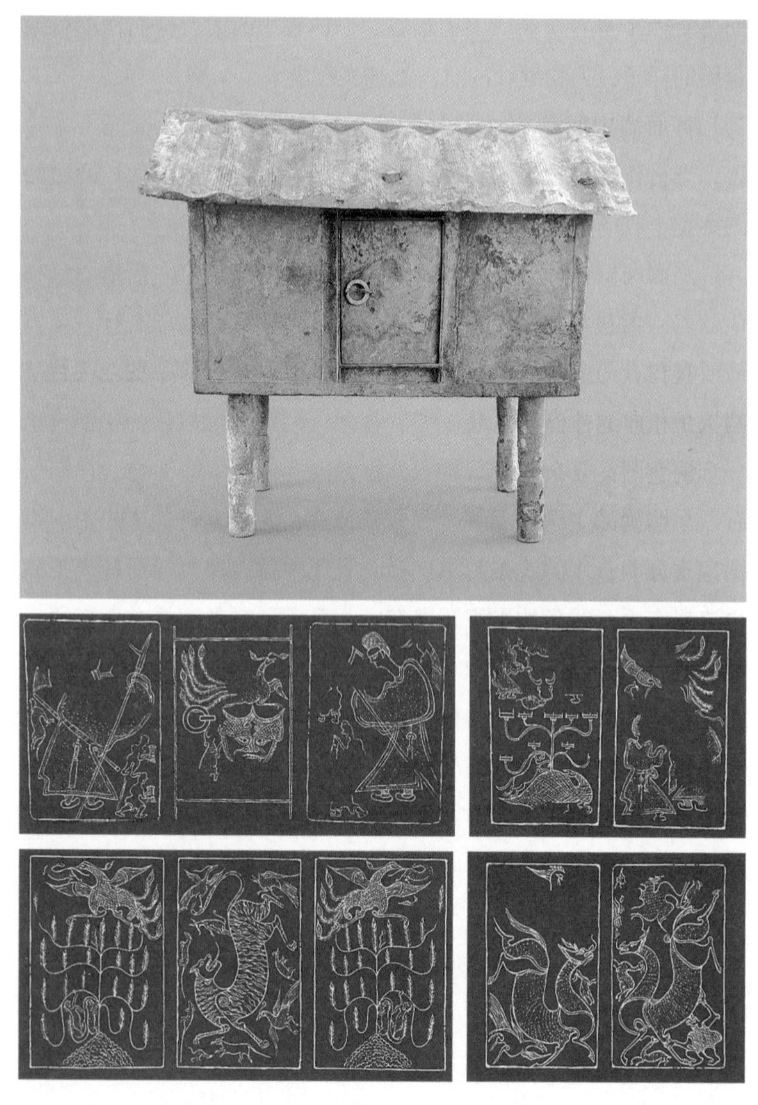

● 东汉悬山顶干栏式铜仓及四壁纹饰图　合浦县博物馆藏

面各有两个身着短装、手捧稻谷、形体较小的人，他们作前行或奔跑的样子，人物健壮的肌肉都被表现出来了。

背面墙中间是一只老虎在追逐着一群老鼠、麻雀等飞禽走兽，老虎作猛虎下山状，回头张嘴吐出舌头，样子凶猛。两边的图案是丰收的稻穗上有一只凤凰在展翅飞翔。

侧面两壁各分两格，共有四幅图画。左壁其中一幅是一只乌龟驮着一盏扶桑树九枝神灯，上方有神鸟环绕，龟背上有一猛兽似要爬树；另一幅有两人似在做祈祷，上方亦有神鸟飞翔。右壁两幅是相向的神兽在驱赶一些小动物。

铜仓图案复杂，有写实的人物，也有传说中的动物，它们都有一个明确的主题，那就是要爱惜粮食、渴望丰收。这些图画构图主次分明，用的线条简单概括，表现生动传神，特别是线条刻得流畅有力，线条的组织疏密有序，显示了匠人娴熟、高超的雕刻技艺。

有粮仓，说明当时的粮食已经是有剩余的了，当然那时的粮食还是很珍贵的，所以需要武士守护。这个铜仓上的刻绘，真实地记录了当时的社会情景，既有艺术价值，也有历史价值。

阴间死人也有土地政策

——南朝《欧阳景熙买地券》

说起广西的书法，从目前出土的相关文物来看，可以追溯到秦末汉初。贵港罗泊湾西汉早期汉墓出土的“左夫人印”玉印、“万岁”瓦当可以看作广西书法篆刻历史的开端。1984 年，兴安石马坪出土过汉永平十六年（73 年）的纪年汉砖。后来这里又有熹平元年（172 年）和熹平五年（176 年）的纪年汉砖出土。此外，广西各地还出土有一些两晋南朝有纪年的砖瓦和买地券，这些可以看作广西书法较早的历史文物。

今天我们就来看一件 1938 年出土的买地券——南朝刘宋时期《欧阳景熙买地券》。

买地券是一种给死人陪葬的东西，是活人给死人划定的活动势力范围凭据。可能是古人既怕死人侵扰活人，又怕死人在阴间争抢土地，就发明了这么个滑稽的办法，在陪葬品中，放一个买地券。买地券说明了墓地主人和卖地人，虚构了地的方圆大小和价格，罗列了阴曹地府官员证人，还规定了墓主人的权利和义务，即拥有阴间土地但不准干扰活人，违规则依据冥律处置。买地券有镇墓的作用，看来阳世有阳律，阴世有阴法。

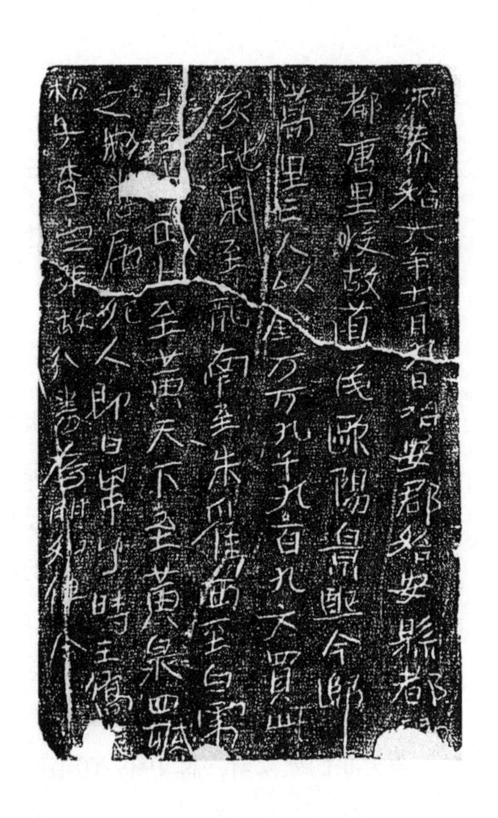

● 南朝《欧阳景熙买地券》
桂林博物馆藏（拓片）

《欧阳景熙买地券》于南朝宋泰始六年（470 年）刻，书体为行楷。笔画粗细一致，刻写随意性很强，笔画歪歪扭扭，自由率意。有些笔画做了简化处理，有些笔画还有连带。字形很不规矩，章法安排有列无行，字大小错落随机性很强。这种刻写方法，应该是用尖锐锋利的工具，直接刻上的。这块买地券一派自由率意的风格，很具代表性，姑且称为“买地券书风”吧。

“粤碑之冠”和岭南土豪宁氏家族的故事
——隋代郑荣《宁贙碑》

清朝道光年间，有个叫许乃济的人在钦县（今属广西钦州）七里坪发现一块隋朝的碑——《宁越郡钦江县正议大夫之碑》，名字太长？那就叫《宁贙碑》吧，字太难读？贙读同炫。由于两广地区唐代以前的碑刻很少，这块碑一出土，就出名了，被推为“粤碑之冠”。

我们就来说一下这块碑和碑上的人与事。

《宁贙碑》，隋大业五年（609 年）立，清道光六年（1826 年）出土于广西钦州，碑文有一千多字，正文楷书，钦州知事郑荣书。用笔严谨，笔画秀丽而遒劲，字形非常规整。书法风格跟隋朝同时期的《龙藏寺碑》《苏孝慈墓志》等相近，跟初唐名家欧阳询、虞世南书法也有很多相近处。碑文记述了宁氏家族历史以及功绩，是研究岭南土司制度及民族关系的重要资料。

这块碑记载了岭南宁氏家族的发迹史。

话说宁氏家族本来是山东淄博人，南朝梁武帝时期，宁逵被任命为定州（今广西贵港）刺史。南朝陈宣帝时，又被任命为安州（今广西钦州）刺史。从此，宁氏家族在广西南部钦州一带站

● 郑荣《宁贙碑》
广东省博物馆藏（拓片）

稳脚跟，成为土豪。

宁逵死后，他儿子宁猛力做了刺史，宁猛力人如其名，很猛很有力。南朝末，字猛力的次子宁贙，就是这块碑的主人，带兵进驻合浦一带，控制这里的采珠业和盐业。宁猛力也借机扩大势力范围，宁氏由此成为岭南举足轻重的地方土豪。

后来，隋灭陈后，岭南同样重归朝廷管辖。宁猛力虽地处边疆，却不忘自己是山东人，不顾重病在身，想进京朝见隋文帝，但没见成就病死了，他的长子宁长真不忘父亲嘱托进京朝见隋文帝，隋文帝很高兴。后来，宁长真率兵为隋王朝平定了越南，威震岭南。唐朝初年，大将军李靖进军岭南。宁长真拜见李靖，归顺了唐朝。于是，李渊委任宁长真为钦州都督、宁纯为廉州刺史、宁道明为南越州刺史。从此，宁氏家族雄霸广西东南部。

唐代

唐代，一些文化界的精英人物常常因朝廷内部权力斗争而遭排挤贬斥，被流放到广西特别是桂北地区，给广西带来了中原先进文明，极大地促进了广西文化发展。从这个意义上说，以桂林为代表的唐代桂管地区文化是中原文明的南迁与繁衍。唐代，被流放到广西的文化名人和书法家，从数量上来讲，不在少数；从知名度来讲，不乏当时的名家和大家。如褚遂良、张九龄、韩秀实、颜证、柳宗元、元结、元晦、李商隐等文坛及书坛名家，都曾在桂林为官或随军至此。这些名家在广西桂林的出现，引起了当世文人对桂林的关注，直接或间接为桂林注入了中原先进文明，对桂林文化的发展起到了极大的带动作用。因此，广西特别是桂林的文化，是中原文明南迁的产物。美术方面，唐代广西有大量的摩崖佛像雕塑遗存，但绘画则难以找到存世作品。

逍遥楼上逍遥游

——书法宗师颜真卿的桂林《逍遥楼碑》

今天，在桂林滨江路旁有一座地标性建筑物——逍遥楼，其于2015年重新修建。据说，桂林的逍遥楼最早始建于唐武德四年（621年），历经唐、宋、元、明、清多次损毁又多次修建，后毁于抗日战争时期，今又重建。

在逍遥楼前广场旁，有一座碑亭，亭里的碑是颜真卿所题“逍遥楼”。碑上三个大字“逍遥楼”自上而下竖列排开，每个字大概有两尺见方，笔画粗壮，横轻竖重，点画圆劲，挑画出锋有力，捺画似大刀。左边有一列小字落款“大历五年正月一日颜真卿书”。

颜真卿的书法以雄浑博大的气象著称，在书法史上，是唯一能与“书圣”王羲之并立的宗师，可谓书坛复圣。

颜氏家族是典型的儒门家族，家风典正。颜氏家族传承儒文化，以经史传家，擅长文字学和书法。颜真卿祖上都擅长书法，以篆籀草隶传家。颜真卿母族殷氏家族也是书画世家，从颜真卿六世祖颜之推开始，颜氏家族与殷氏家族六代联姻，可以说，颜真卿是两个文化世家联姻的结晶。颜真卿的舅祖父殷仲容是武则

天时期的大书法家，擅长大字榜书，颜真卿的伯父颜元孙和父亲颜惟贞及舅舅殷践猷都跟殷仲容学习书法。颜真卿幼年丧父，伯父颜元孙指导他学习。颜家贫困无纸，于是就用黄泥涂墙，用树枝木棒练习书法。颜元孙小时候也是用这种练字方法，这正是题壁作书的方法，有利于练习大字和题榜。颜真卿书法之所以能够大而雄浑，跟小时候这种训练是有很大关系的。

碑上落款“大历五年”即770年，颜真卿61岁，时任抚州刺史，颜体书风已经从雄健走向雄浑。

然而，事实上，颜真卿并没有来过桂林，但桂林却有颜真卿所书《逍遥楼碑》。其实也容易理解，颜真卿书法名满天下泽被后世，桂林有逍遥楼，于是有人将颜真卿写在其他地方的“逍遥楼”复制来，这是很正常的事情。据说唐朝山西蒲州也有一座逍遥楼，唐玄宗曾去过蒲州的逍遥楼，颜真卿曾为蒲州的逍遥楼题写过牌匾，此“逍遥楼”大概出自蒲州逍遥楼。但要问桂林的“逍遥楼”是谁、是什么时候复制来的，目前还无从查证。有意思的是，颜真卿虽然没有来过桂林，但颜真卿的从孙颜证曾主政过桂林。桂林的“逍遥楼”也许跟颜证有关，也许另有其人。但至少南宋时候颜真卿的“逍遥楼”大字就已经被刻在桂林了。

● 颜真卿《逍遥楼碑》 桂林逍遥楼

福民禳灾的护身符
——一代文宗柳宗元的柳州《龙城残石》

我们都知道，柳宗元是唐代文学大家，跟韩愈同为唐代古文运动的倡导者，并称“韩柳”，都位列“唐宋八大家”。其实，柳宗元不但是文学家，还是书法家，只是柳宗元书名不如文名大，而且留下的书法少之又少而已。当然，河东柳氏家族书法最著名者要数柳公权。

柳宗元在思想上很进步，他参与了唐顺宗的“永贞革新”。革新失败后，他被后来继位的唐宪宗贬为邵州刺史，后贬为永州司马。元和十年（815 年），柳宗元被改贬为柳州刺史。四年后，唐宪宗实行大赦，敕召柳宗元回京。但十一月初八，柳宗元在柳州因病去世，享年 46 岁。

柳州人追念柳宗元，建立了柳侯祠。历史上，柳州柳侯祠有三件著名书法作品：《龙城残石》《罗池庙碑》。其中《龙城残石》传为柳宗元所书，《罗池庙碑》有二：一为唐代书法家沈传师的《柳州罗池庙碑》，二为宋代书法家苏轼的《罗池庙迎享送神诗碑》（又称《荔子丹碑》）。

《龙城残石》写于元和十二年（817 年），这块碑又叫《匕

● 柳宗元《龙城残石》 柳州柳侯祠

首铭》。从书体来看，字是行楷书，从书法风格来看，近似柳公权书风，略有差异。相似之处在于字法结构和用笔方式，差异主要体现在笔画粗细、用笔轻重提按方面，笔画相比于柳公权细一些，笔画粗细对比小一些，即用笔提按力度变化略小。

今天我们看到的这块碑，是 1933 年柳州人周耀文依据明朝天启三年（1623 年）龚重从柳公井中所得残石重新刻制的，上面刻有“龙城柳，神所守，驱厉鬼，出匕首，福四民，制九丑。元和十二年，柳宗元”，主要表达了柳宗元爱护百姓、驱邪除恶的美好愿望。人们认为将此碑埋入土中可以镇宅，随身携带可以护身。因此，有不少赴京赶考的士子和长年在外经商的商贾将其拓片带在身上，以求逢凶化吉。

“白鹿”钟情南溪山

——《南溪山诗并序》

相对于象鼻山和独秀峰而言，在外人看来，南溪山名气好像要小一点，但南溪山因唐代名士李渤而有名。

李渤博学多才，当时人称“李万卷”。他也被人称为白鹿先生。他本来是一门心思读书治学，好友多次举荐他做官，都被他谢绝了。但大文学家韩愈非常赏识他，在韩愈的劝说下，李渤终于坐不住了，开始走上官场。正是有了韩愈的劝说，才有了李渤和桂林的情分。唐敬宗宝历元年（825 年）正月，李渤因替崔发辩护，得罪当权宦官，被贬为桂州刺史兼御史中丞，担任桂管都防御观察使，在桂林大概待了两年。在桂林期间，李渤启用汉朝“常平仓”制度调节粮价，疏导和修补灵渠等，做了许多造福百姓的好事。

那些政绩，随着历史的流逝，没有留下多少痕迹，但李渤带领部下开发了南溪山和隐山旅游文化，在山上留下的一些书法题刻，却千年流传。《南溪山诗并序》的诗文虽为李渤撰，但书写者却有可能是其他人，有可能是随李渤到桂林的两个属下中的一个，即同是书法高手的吴武陵或韩方明。

《南溪山诗并序》 桂林南溪山

《隐山游记题名》明确地记载了其是吴武陵奉命操笔，倚岩叙题。因为吴武陵跟柳宗元是好朋友，柳宗元被贬永州的时候，吴武陵又是柳宗元的部下，深得柳宗元赏识，所以，吴武陵的文章和书法都多受柳宗元影响。韩方明为书法宗师张旭曾徒孙，有《授笔要说》传世；另外，日本“书圣”空海和尚来中国学习书法，拜于韩方明门下，可见韩方明在当时的书法地位之高。

宝历二年（826 年）三月，李渤兄长李涉被贬谪去康州（今广东肇庆）时，路过桂林，正好李渤在桂林当官，兄弟俩在桂林相聚，同游南溪山，因此有了这块摩崖石刻。

《南溪山诗并序》书体为隶书，宝历二年刻于桂林南溪山玄岩洞口上方。这块摩崖石刻隶书笔画圆浑粗壮，有隶书典型笔画蚕头燕尾，字结体宽博，字内空间舒朗宽绰，字形多呈方形，字距行距茂密且近似，与盛中唐一路隶书风格有明显区别，酷似汉代隶书摩崖《西狭颂》风貌。

唐代桂林的“三绝碑”
——韩秀实《舜庙碑》

“舜帝有虞氏，姓姚名重华，在位五十年，南巡狩崩于苍梧之野……南人怀思，立祠祷祭。”这段话刻在桂林《舜庙碑》上，说的是上古贤人舜帝巡狩南方，死在苍梧之野。苍梧大约是今天广西梧州一带。传说舜帝巡狩南方时曾经到过桂林，因此桂林有座虞帝庙，虞帝庙旁边有座虞山，唐朝时候，虞山上就有了一块纪念虞帝的《舜庙碑》。

虞山这块《舜庙碑》可以说是唐代桂林摩崖书法中的极品。碑文内容是唐代文坛名家韩云卿撰写的，韩云卿是韩愈的叔叔兼写作老师。碑文书写者也是韩家人，唐代隶书名家韩秀实。韩秀实是谁呢？唐代隶书四大家之首韩择木的儿子，他继承家学，也擅长隶书。古代的碑上面还有个额，就是碑的招牌，写招牌的那得是名家才有面子，因此，碑额题写者往往要衬得起碑身。《舜庙碑》碑文内容是名家撰写，碑字也是名家书写，碑额当然得名家题写才能衬得起这块碑。题写碑额的是谁呢？古代名家碑刻有这样的传统，碑额上的字一般会比碑文上的字体更加古朴一些，这样显得更加古雅庄重。既然碑文用了隶书书写，碑额若是要更

● 韩秀实《舜庙碑》 桂林虞山

加古朴一点，那么就只有用篆书了。这块碑立于唐建中元年（780年），碑额是篆书大家李阳冰题写的。李阳冰在书法史上被称为“仓颉后身”，仓颉是传说中造字的那个人；同时李阳冰与秦始皇时期传说作秦小篆书的李斯并称篆书“二李”。那时候的人认为，李阳冰篆书，可以跟仓颉和李斯并立。同年，他还题写了颜真卿《颜氏家庙碑》篆额。

此碑刻在虞山南面的山麓，碑又高又大，恢宏雄伟。碑正文顶端李阳冰的篆书“舜庙碑”承袭了秦小篆的典型风格，笔画圆润遒劲，字形长方，匀整端庄，是李阳冰成熟之作。碑额下一列，碑右上角隶书题写的“舜庙碑并序”与碑文书体书风一致，是典型的盛唐隶书风格，笔画丰腴肥厚，方折圆转笔画并用，字形方扁，左挑右波出锋挺拔，雍容华丽，完全传承了其父亲韩择木《唐上都荐福寺临坛大戒德律师之碑》隶书风格。

史书上讲：“时韩云卿以文显，李阳冰以篆显，择木以八分显。”建中元年，韩择木已经去世，儿子韩秀实传承父亲衣钵。因此，《舜庙碑》在当时就被称为“三绝碑”，文绝、书绝、额绝，可以说这块碑是当时文艺界最顶尖大师的联袂之作。

记载广西文教事业源头的摩崖

——郑叔齐《独秀山新开石室记》

《独秀山新开石室记》刻于建中元年（780年）八月，在桂林独秀峰读书岩摩崖上，依山而刻，书体为楷书，略有行书笔意。碑文主要记录了李昌巎（náo）办府学建文庙之事。唐代广西历史上有两个状元：赵观文，唐昭宗乾宁二年（895年）状元；裴说，唐哀帝天祐三年（906年）状元，都出自桂林，可能跟李昌巎在桂林兴办文教不无关系。

碑的书写者是郑叔齐，其时任监察御史里行，随李昌巎到广西平叛。郑叔齐主要取法王羲之，碑中有些字的结构和用笔都与《集王羲之圣教序》非常相似，这一点与唐代太宗时崇尚王羲之书风有关。从初唐到中唐近百年间，王羲之行书一直是人们学习书法的重要对象。此外，郑叔齐受到当时大书法家颜真卿、徐浩书风的影响也较多，其中许多字的结构微微呈现相向与合抱拱心之势。笔画力度加重趋于丰腴，提按变化较大，有许多字近乎颜真卿早期的用笔和结字，与《多宝塔碑》的字接近。然此书不尽为楷书，多数笔画带有强烈的动感和行书笔意。郑叔齐书风反映了中唐时期书风的特征。当时的行楷碑刻的风貌是：以王羲之书

● 郑叔齐《独秀山新开石室记》　桂林独秀峰

风为宗，行楷书入碑，受颜真卿书风和盛唐“书尚丰腴”观念的影响，笔画略显丰腴然不失流媚。

唐皇室宗亲李昌巎在桂北主政期间，办了很多促进广西特别是桂北地区发展的事情，主要体现在政治军事和改善社会与文教风气方面。这些事迹记载在跟李昌巎密切相关的三块桂林碑刻上：《平蛮颂》记述了李昌巎平定叛乱、维护国家统一的事迹，这是李昌巎在广西办的最重要的一件大事；《舜庙碑》记载了李昌巎在虞山修缮舜帝虞庙，尊崇和弘扬圣贤美德，引导人民树立崇尚美德的社会风尚的事迹；《独秀山新开石室记》则记载了李昌巎兴办府学、修建文庙等重视教育的举措。

唐代柳州的"三绝碑"
——沈传师《柳州罗池庙碑》

柳州罗池庙即柳侯祠，祠内曾有一块非常有名的唐代碑刻——《柳州罗池庙碑》。碑文撰写者为大文豪韩愈，碑文书写者为唐代著名书法家沈传师，书体为楷书，有篆额，是陈曾所书。

碑文内容为纪念和颂扬柳宗元出任柳州刺史时的政绩，主要包括发展农业生产、兴修学府重视教育、改善民风民俗等。还记载了罗池庙的来历：柳宗元在罗池驿亭饮酒跟部下好友开玩笑说，自己将来死在柳州会成仙，要好友修庙纪念他。后来柳宗元果然病逝于柳州，部下好友修成罗池庙。柳宗元部下到京城找韩愈撰文、沈传师作书，后刻成《罗池庙碑》。

《柳州罗池庙碑》立于唐长庆元年（821 年），原石在柳州柳侯祠，后来没有了，幸好有清朝何绍基收藏的宋拓孤本传世。书写者沈传师，苏州人，唐德宗贞元末举进士，宝历元年（825 年）拜为尚书右丞，吏部侍郎。

宋代欧阳修认为沈传师的字"放逸可爱"，朱长文《续书断》把沈传师的字和欧阳询、虞世南、褚遂良、柳公权等人的书

沈传师《柳州罗池庙碑》局部　柳州柳侯祠

法并列。米芾赞美沈传师的字“如龙游天表，虎踞溪旁，精神自若，骨法清虚”。此碑书法气息清劲圆润、骨法神健，结字虽较为瘦削，然挺健秀朗，肉藏于筋，确实跟初唐虞世南、欧阳询书风有相近的地方。黄庭坚曾将沈传师和柳公权相提并说，唐初的字劲健，盛唐变为肥厚，中晚唐柳公权、沈传师又推崇清劲。如取柳公权书法与《柳州罗池庙碑》对照，我们会发现二者用笔与结字有很多相近之处。若是拿柳宗元《龙城残石》来看，我们会发现三者不但貌合而且神似。通过对三者书法进行对比，我们甚至可以推断，柳宗元、沈传师可能是柳公权书风的直接影响者。当然，柳公权所开创的柳体也有与沈传师不同之处，在结构上，柳书中宫极其内敛，而沈书却无此特征，虽然其中宫也稍作内敛，但总体来说，还是属于较宽松的；沈氏书法结体多呈左低右高势，且略向右欹侧，而柳公权则不刻意欹侧耸肩，呈现相对平正的放射状。在笔法上，柳体充分吸取了颜体筑锋顿笔，而沈传师则少此笔法。

总而言之，此碑书法秀润妍美，清劲有神，极为可爱。唐代中后期是书法的萧条时期，但以沈传师为代表的书风，给中晚唐的书坛带来了一些活力，也给柳公权创“柳体”提供了宝贵的经验。

晚唐大诗人元稹侄子的书法不寻常
——元晦《叠彩山记》《四望山记》

北魏孝文帝汉化改革措施中有一项是把自己的拓跋氏改为“元”姓。晚唐时期，元氏家族出了一位诗人叫作元稹，元稹与白居易同科中进士，结为终生诗友，共同倡导新乐府运动，后世称“元白”，元晦正是元稹的侄子。

元晦，河南洛阳人。宝历元年（825年），元晦登贤良方正能直言极谏科，登这一科名声虽好，事却不好处理，若是秉公职守，很容易得罪人。会昌初，元晦因忠直进谏触怒皇帝，被贬到桂州任桂管观察使。

因为元晦被贬桂林，此处才留有两块独具特色的隶书碑刻——《叠彩山记》和《四望山记》。这两块碑刻于会昌四年（844年），皆为摩崖石刻，依石而书，两篇文章自左而右行文，不同于古代一般自右而左的时风。《叠彩山记》介绍了山名称的由来、周边环境和山的基本情况与特色。《四望山记》叙述了四望山及该山销忧亭的地理位置、面貌。此文亦刻于四望山东麓的崖壁上。四望山在叠彩山西侧，它和于越山及白鹤、明月两座山峰，都属于叠彩山的范围。

● 元晦《叠彩山记》
桂林叠彩山风洞洞口

● 元晦《四望山记》
桂海碑林博物馆藏（拓片

从这两块摩崖石刻来看，元晦隶书取法能避开盛唐典型隶书时风，取法初唐隶书和汉代隶书中瘦劲一类风格。此二碑笔画中段笔道浑圆，蚕头燕尾的隶书特征明显：有似《礼器碑》者，有似《石门颂》者，可见元晦隶书取法之广博；结字多取方正之势，兼《石门颂》之开张、《礼器碑》之瘦硬俊朗。其中有“石”“门”“中”“北”“功”等字，几乎可与《石门颂》同字相媲美，而其出锋处，锋势十足。这种风格，与殷仲容隶书《马周碑》、盛唐蔡有邻《尉迟迥庙碑》相近。盛中唐以后，隶书名家多受到玄宗崇尚肥媚的风格影响，韩择木、史维则，包括前文所说的韩秀实等盛中唐隶书名家，几乎无一例外靠近唐玄宗肥媚的“盛唐隶”，这种隶书蚕头燕尾尤其夸张，装饰性强，程式化明显。晚唐元晦，避开了玄宗“盛唐隶”的影响，非常具有代表性。

会昌五年（845 年）元晦离开桂林，转任越州刺史。他北上赴任时，到兴安的乳洞“探赏”，并在洞壁题刻：“检校左散骑常侍、越州刺史元晦，会昌五年八月廿日自此州移镇会稽，辄辍暮程，遂权探赏。”刻字多横势，有隶书笔意。

馘五百四十八級陣亡一千八人賊兵
大敗俘劉華等路械三萬餘級得功人
乞推恩依例名連其老幼張琥想為郡
色言雄子任臣克奮武略選用材武擢
兵格開新看補傷敵功者焉除題名
嘉乃眾校復偷想知之者何
從年西好造者于孫多夜
二十五日
崇寧二年五月二十七日桂州龍隱岩

宋代

广西特别是桂林在宋代已经不再是蛮夷之地，在唐代“士二代”和中原文化南拓的基础上，宋代中原文化继续在广西繁衍生长，到了南宋时期，桂林已经成为西南地区的文化重镇。宋代石刻资源丰富，数量非常多，整体质量较高，其中不乏大家、名家的作品。绘画方面有米芾、刘真人等人物石刻，也有佛教石刻，此外《静江府城池图》则是在城市规划、军事布防、地方历史和地图学等方面都具有重要价值的摩崖石刻。书法方面，从现存的广西宋代楷书摩崖碑刻来看，颜柳楷书在宋代影响极大。广西宋代石刻中行楷书数量非常多，精品也不少，多数是在米芾、黄庭坚、苏轼三家的风貌基础上的变化。广西宋代行草书碑刻目前较少，行楷较多。宋前期在流行书风中成长，中期在“宋四家”的陶冶中度过，篆书隶书名家不多，宋代中后期，隶书非常有特色，桂林宋代隶书碑刻艺术水准应该重新审视。

伏波山上的大师画像
——米芾自画像

如果你到美丽的桂林去游览的话，别忘了去一下伏波山，那里除了有很多唐代的佛像雕刻之外，山崖上还“站”着一位我国书画史上的大师米芾。

米芾在我国书画史上的地位是非常重要的，他的书法《苕溪诗帖》不知道让多少书法爱好者为之倾倒。他也有很多趣事，比如有严重的洁癖，会向石头下跪等，被称为“米癫”。他的山水画独具一格，与他儿子一起被称为“米氏云山”。可惜他的绘画作品几乎无存了，好在伏波山上留下了他作品的石刻。

米芾的母亲阎氏是宋神宗的乳母，因为念及吃同一口奶的情分，宋神宗在米芾 18 岁的时候就让他做了秘书省校书郎。宋神宗熙宁七年（1074 年），米芾 22 岁的时候，他来到桂林任临桂县尉（掌管一县军事的长官），虽然这不是他的第一个官职，但他也还很年轻。那年，米芾与当时的临桂县令潘景纯同游伏波山还珠洞，留下了一行题刻，这在后面再详述。

那米芾的自画像又是怎么刻在伏波山上的呢？这与 141 年后一个叫方信孺（字孚若，号紫帽山人，福建莆田人）的人有关。

方信孺于南宋宁宗嘉定六年（1213 年）来桂林任广南西路提点刑狱及转运判官。爱好书画的他在游览伏波山还珠洞时，看到了米芾的题刻，对米芾崇拜得简直是不能自已。事有凑巧，恰好当时米芾的曾孙米秀实到桂林静江府任官职，成为方信孺的幕僚。方信孺得知米秀实收藏有米芾的自画像真迹，于是在南宋宁宗嘉定八年（1215 年），方信孺从米秀实那里借来米芾的自画像，命人刻在还珠洞米芾题字的右边，并在米芾自画像下方刻上《宝晋米公画像记》以记述此事。

● 米芾《自画像》
桂海碑林博物馆藏（拓片）

画像比真人略小，画中米芾穿着大袖宽袍，左手握腰带，右手伸出二指，似乎在高谈阔论，指点江山。米芾大师有没有美化自己不得而知，至少他没有丑化自己，你看他体态微胖，印堂饱满，头略向右倾，眼向左下看，双目炯炯有神，垂胸的胡须随风飘逸，宽松的衣袍也迎风飘荡。他神态自若，风度潇洒，一副若有所思、若有所指或陶醉于山水和书画之间的模样，在这美丽的山水之间千古永恒，真是飘然若仙。据传米芾爱作古代人物像，从这幅自画像看，其人物画功力确实相当深厚，画中的线条简练，然而却圆转流畅，劲挺有力，丝丝入扣地塑造了人物的形体和神态，显示出其书法用笔的线条力度，线条的婉转运行，疏密、粗细对比组织得富于美感。

米芾自画像并非虚构的，画像的右方，有米芾长子米友仁的跋语：“先南宫戏自作此小像，真迹今归御府。”据《海岳遗事》记载：“米芾的自画像，世上有数本，一本服古衣冠，曾入绍兴内府，有其子友仁审定的跋语。”由此可见，还珠洞米芾像就是照此本刻的，是有确切来源的。

米芾在桂林时间不长，但是他非常热爱桂林的山水，曾经游遍桂林山水，在任期满后仍流连忘返，寓居于桂林西山资庆寺，与住持和尚绍言一起谈诗论道，并为绍言写过诗序。据传米芾还作有《阳朔山图》，题曰：“拜石人，居岩壑。至奇之地，作宦佳处，无过于此。”可惜现已失传。米芾的画作几乎无存，这幅画像是米芾唯一存留的画作石刻，是研究米芾乃至中国美术史的珍贵资料。

“不老仙人”的真模样
——桂林南溪山刘真人像

真有长生不老的仙人吗？那当然是不可能的。但有的修道之真人，非常高寿，这倒是真的。那这真人长的是什么样子的呢？哎，今天我们还真可以一睹这宋代高寿的刘真人之真容。

刘真人，名景，字仲远，桂林人。生于北宋乾德五年（967年），卒于宋神宗元丰八年（1085年），享年118岁，是桂林有史记载的第一高寿者。这事可靠吗？连当时本地的官员都不相信，宋代当地的官员吕愿忠、张孝祥等人认真地考查了其年岁的真伪，最后都认为是真实的，从而在桂林的南溪山刘仙岩上为其刻像，以明示后人。

相传刘景原为屠夫，后得方士启示，有所感悟，放下屠刀，上山修道，兼习医术，遍游各地，40余年后回到南溪山采药炼丹，治病救人，后羽化登仙。据传他是宋代道教南宗紫阳派鼻祖张伯端的师傅。

这幅画像所刻刘真人虽为仙人，然而并不神化，而是以其本来面目造像，看上去与普通俗人无异。画像为四分之三侧面胸像，主要勾画出人物的面部特征：头戴道巾，面容清癯，眉骨微

● 桂林南溪山刘真人像　桂海碑林博物馆藏（拓片）

突，颧骨较高，细长眼，鼻头圆隆，方口长耳，须髯垂胸，卷曲飘逸。人虽清瘦，甚至略带愁容，但仍表现出仙风道骨。由此也可以看出，画像并非主观臆造，而是具体可感的。

除了能很好地表现出人物的特征和气质，在线条的表现上，这幅作品也具有较高的表现力、感染力和艺术水平。其线条以圆转的铁线描为主，细劲圆润，状如屈铁，又富弹性。注重线条的起、行、转、收，讲究方向变化和疏密组合。线条多尖入尖出，行笔迅捷，可让人体会到落笔生风之感。在以线造型特别是以线塑造人物的结构上，非常简练而精准。例如人物脸部右侧的边线，只勾勒一根细挺的线条，却表现出了微突的眉弓、圆润的颧骨，以至从口轮匝肌到宽厚的下巴，均表现出细腻的结构转折和人物的性格特征。其短粗的鼻梁、圆隆的鼻头，更是精准地抓住了人物的突出特征，非常传神。而长长的耳朵，富有肉感的耳垂，更是细腻地表现出了结构，观察入微，表现到位。从整体来看，本幅人像在应物象形上丝丝入扣，同时又具有线条自身的审美价值，线条简洁而表现入微，富有力度而秀逸圆润，法度谨严而雍容沉静，为我们展现了宋代人物造像的高超技艺，是广西不可多得的宋代人物造像艺术精品。

除了刘真人像，南溪山还刻有张真人像，但其在艺术表现上不及刘真人像。

宋代王城的样子
——《静江府城池图》

山水甲天下的桂林，在宋代是什么样子的？我们无法穿越到古代，但是通过一幅图画，我们能了解到那个时候的桂林城到底是什么样子的。这幅镌刻在桂林市城北鹦鹉山南山腰石崖上的地图，被称为《静江府城池图》，又称《桂州城图》（桂州城，今桂林市）。这是现知我国甚至是世界上最大的古代城市平面图，图长 3.4 米，宽 3 米，绘刻于南宋咸淳八年（1272 年），绘图人和刻石人不详。

这是一幅带有军事性质的大型城市地图，因为图中重点描绘的是带有军事意义的护城河、军营等，城防设施描绘得尤为具体，例如“硬楼”“团楼”等，不仅具体描绘出来，旁边还有文字标注。这也难怪，因为这本来就是南宋宝祐六年（1258 年）至咸淳八年这 14 年间静江府前后四任官员为了抵御蒙古军队的进攻而修筑的城防工事，当时蒙古大兵已经长驱直入，直至从云南进入邕州（今南宁），逼近桂林。因为有了这些城防建设，桂林城官兵多次击退蒙古军的进攻，使得桂林城能在风雨飘摇的南宋政权中坚持 20 年之久。如今在观看这幅地图的时候，你的脑海

● 《静江府城池图》 桂林图书馆藏（拓片）

中是否会浮现出那硝烟四起的远古岁月，并对当时官兵、人民的坚韧和智慧心生敬佩？

这幅图用了 36 种不同的符号标识山形、水文、建筑、植物，可见当时已经是在使用符号进行地图绘制了。地图的比例并没有统一的比例尺，可见用的是混合比例尺。在物象布置上，有如高空俯视图，但在山川、楼阁的描绘上，又如平视图，这种表现手法，与古埃及的墓室壁画《内巴蒙花园》相似，不按现实的视觉透视造型，而按人们脑中的认知造型。它的造型主要用线描法表现，线分曲直、长短和疏密。城中建筑主要以平直的线条描绘，与存世的宋代界画相似，不同的是这幅图只是以平面示意为主，没有透视变化，画虽简单，但建筑结构表现则较为清晰、准确。城中有树和山，树的造型均一致，以三五根竖线代表树干，以树杈形下弯曲线代表树叶，虽然只是示意，但仍有姿态，它的造型相同而排列不一，如同现在电脑的拷贝复制，特别有意思。山峰的形状则各不相同，姿态万千，应该是根据真实的形象而作的，一律用长折线勾勒轮廓，轮廓内用短线表示石头走向，简单明了。绕着城外的是河，河水以鱼鳞状表现，加以“S”形曲线加强浪势，有波涛汹涌的感觉，极富气势。河外为远山，远山的表现则相对简略。

别看这幅地图画得有些简略，但它的价值却非同一般，因为有些古代典籍中记述的关于作战和城防工事的令人费解的文字，却能在这幅图中找到形象的答案，例如史书中记载的“万人敌”是什么呢？看了图中的标注就知道它原来是箭楼的雏形。还有，以前认为砖砌券洞城门道是元代才开始有的，从这幅图中的描绘可以证实南宋就已经有了。你说它是不是非常珍贵呢？

这虽然只是一幅地图，但可以让我们从另一个角度了解宋代的线刻绘画，它不仅在研究宋代城市规划、军事布防、地方历史和地图学等方面具有重要价值，在研究绘画方面也具有一定的价值。

“颜筋柳骨”有来源
——石曼卿《饯叶道卿题名》

北宋初期，书法圈也有一股跟风现象，那时候没有国展，但有政坛和文坛盟主，学士和学生都投机，只学时人，不学古人，书法水平每况愈下。

在这种风气之下，有一位奇才石曼卿，生性迥异于时人，耿介独立于时风，专学颜真卿和柳公权书法，得到欧阳修、范仲淹等称赞。

石曼卿，河南商丘人，名延年，字曼卿，是北宋诗人、军事家、书法家，外号“酒仙诗豪”。

石曼卿非常有才，但仕途不顺，参加了三次科举，两次没中，最后考中了，却很倒霉，有人告发那次考试有人作弊，石曼卿因为名次不靠前，就又被除名了。后来朝廷照顾他，将他补录为低级武官，他先是拒绝，后经宰相劝说才勉强接下官职。石曼卿喝酒那才叫一个豪饮，今天我们把常在一起喝酒的称为酒友，石曼卿要是知道谁比他能喝，就把谁当酒敌。有个叫刘潜的山东人酒量很大，石曼卿和他比酒量真是棋逢对手，“对饮终日，不交一言”，一喝就喝了一天，而且一句话都不讲，而且都没醉，

● 石曼卿《饯叶道卿题名》 桂林月牙山

真有点像古龙武侠小说里的人物，这种对饮，酒馆老板都看傻了。石曼卿诗写得好，“气豪而奇”，被誉为“诗豪”，人称他为“石学士”。有一次石曼卿办事路上马受惊把他摔到了地上，随从众人都吓坏了，石曼卿自己慢悠悠地爬起来，一看没多大事，自嘲道：“幸好我是‘石学士’，若是‘瓦学士’，不就摔碎了嘛！”

这么一个奇人，书法水平如何呢？

范仲淹称赞他的字是“颜筋柳骨，散落人间，实为神物”，

欧阳修的称赞是“笔画遒劲，体兼颜柳”“河倾昆仑势曲折，雪压太华高崔嵬”。苏轼说“石曼卿大字，愈大愈奇”。石曼卿《饯叶道卿题名》写于北宋明道二年（1033年），为当时好友叶道卿将要到浙江嘉兴做官，石曼卿与好友范仲淹、宋祁、赵宗道等名人在钜鹿人魏介之北轩为叶道卿送别题名而作。这件作品原本是写在绢上的，由宋祁孙子收藏，南宋时候，赵宗道玄孙赵思曾专程登门观赏。宋祁孙子见到赵思这么喜欢，本想送给他，但赵思是个君子，不夺人所爱，就请了一位善勾摹的高手勾摹了一份复制品收藏起来。后来赵思得知宋家收藏的这件书法已经破损，便委托曾经在广西共事的好友朱晞颜将该书法刻在山崖上保存，南宋庆元元年（1195年），朱晞颜就把这件《饯叶道卿题名》刻在了桂林龙隐岩。

石曼卿这件《饯叶道卿题名》书体为楷书，非常有气势，笔画遒劲，融合了颜真卿《多宝塔碑》《东方朔画赞碑》和柳公权《玄秘塔碑》《神策军碑》的许多笔法。横轻竖重，点画饱满，雄健有力，将颜柳书风中的忠义刚正气象体现得很充分。欧阳修、范仲淹以及稍后的苏轼等北宋名家取法颜柳书风的集体认同，应当是受到了石曼卿人品、书品以及取法的某些影响和启发。

倡导正大书风的宰相笔迹
——韩琦《杜甫〈画鹘行〉》

安史之乱时，唐肃宗手下有个叫作房琯的宰相，本来是一个文人，不会带兵打仗，但却硬要冒充大瓣蒜，还请兵收复长安，结果是一败涂地，损兵折将。唐肃宗要罢免他宰相的职务。杜甫此时担任言官，是房琯的好朋友，在这个节骨眼上，给皇上上书帮房琯说情。结果是咋样呢？预料之中，皇帝很生气，后果很严重，把杜甫划归房琯一党，一并收拾了。

就在上书后，杜甫忐忑不安，进退维谷，正处于尴尬局面郁闷中的时候，诗意大发了。《画鹘行》就是在这种情形下写的。

杜甫《画鹘行》本是一首题画诗。鹘是一种凶猛的鸟，古书上说短尾，青黑色，类似小鹰吧。这首诗写了画中的一只鹘鸟，斜着脑袋看着天，飒爽独立，特别突兀，估计是清初八大山人画的那种味道。整幅画表现的是傲然独立，不合群的忧郁。所以杜甫在最后说了“吾今意何伤，顾步独纡郁”，意思就是我现在很孤独，很郁闷！

北宋仁宗年间，宰相韩琦估计也是在孤独郁闷的时候，把杜甫这首诗抄录了一遍。百年后，韩琦有个玄孙叫韩休卿来广西融

● 韩琦《杜甫〈画鹘行〉》 广西壮族自治区博物馆藏（拓片）

水做官，大概是为了宣扬祖德，把祖上的字刻在了融水真仙岩，刻写时间是南宋嘉熙二年（1238 年）。

韩琦，河南安阳人，与范仲淹齐名，主持“庆历新政”，担任宰相职务多年，为北宋的繁荣发展做出了突出贡献。韩琦不但是北宋政治家，还是有名的书法家，擅长颜体楷书，他担任宰相期间，很多人都受他影响学颜体。

韩琦所写的这件《杜甫〈画鹘行〉》，字体为楷书，风格为颜体，取法颜真卿前期所写的《多宝塔碑》《东方朔画赞碑》等一类风格。横轻竖重，点画顿挫有力，撇画如剑，捺画如刀，风格甚是威武，一派大将风度。

“砸缸”宰相的书法
——司马光《家人卦》

大家都听说过司马光砸缸的故事，砸缸的故事说明司马光从小就很聪明，超乎时人。后来司马光果然非凡，不但中了进士，还担任过宰相。

绍兴十九年（1149 年）司马光的曾孙司马备曾来广西任融水县尉，还把传家宝司马光《家人卦》《布衿铭》刻在了融水真仙岩石壁上。

司马光《家人卦》主要讲的是治家的一些基本原则，其中讲了夫妻关系、父子关系、兄弟关系等，核心是强调家庭中的秩序以及家庭成员的和睦相处，卦出自《周易》。司马光是把《家人卦》抄录作为治家格言的。

融水的《家人卦》摩崖石刻，绍兴十九年刻，书体为隶书。风格与宋代常见隶书不太一样。从用笔来看，这块碑笔画起笔处多用藏锋，回锋停顿很明显，出锋也是顿按后再出锋，波挑明显。字形则方正，字和字之间，行和行之间排列都很紧密。从风格传承来看，这种隶书风格貌似汉代《夏承碑》和三国《受禅表》的杂糅，古朴中带有一丝流动。

● 司马光《家人卦》　柳州融水真仙岩

之所以出现这种风格应该与司马光为人性情和取法有关。司马光是一个聪明且谨严有序的人。因此，在王安石变法时，司马光首先反对，维护古法。在书法上，司马光也是如此，崇尚古法和传统，不随时风。在北宋前期，书坛流行书风严重的情况下，司马光不随波逐流，而是选择汉唐古法，正是其为人处世在书法艺术中的反映。在司马光看来，《家人卦》注重家庭秩序与和谐，《布衿铭》提倡勤俭传家，都是重要的治家纲要，因此，司马光正襟危坐，采用了古朴的隶书书写，以求内容与形式相统一。

《家人卦》有两件，一件在融水，一件在杭州，融水的明确记载了刻写人和年份。本来司马备还在老君洞刻制了曾祖父的《布衿铭》，但如今已经看不到了，只有拓片传世。

千年奇才的豪放书
——苏轼《荔子丹碑》

在唐代广西书法中我们介绍了柳侯祠中的沈传师《柳州罗池庙碑》，碑文是韩愈撰，是为纪念逝去的好友柳宗元而作。韩愈这篇文章不但记载了柳宗元的一些光辉事迹，在文末还有一首辞，被称为《迎享送神诗》，又称《荔子丹辞》，这首辞采用了楚辞风格，朗朗上口，可以咏唱，喜欢唱山歌的广西人当时用壮族嘹歌唱这首辞来纪念柳宗元。

唐代沈传师的《柳州罗池庙碑》书写了韩愈的全文，宋代苏东坡书写了韩愈文末这段辞，都为纪念柳宗元。南宋时期，苏东坡所写的这件《荔子丹辞》几经流转收藏在湖南安抚使安丙手上，柳州军事推官关庚赴柳州任职途中经过湖南长沙，去拜望这位封疆大吏“帅相安公”，安丙就把苏轼这件书法赠送给了关庚，让他到柳州后刻碑立于柳侯祠。嘉定十年（1217年）关庚到任后，在柳州知州杜如篪、柳州州学教授廖之山慨然支持之下，找来精工巧匠，刻制了《荔子丹碑》，亦称《罗池庙碑》，树立在柳侯祠。

苏轼，四川眉山人，是北宋中期文坛领袖，书法位列“宋四

● 苏轼《荔子丹碑》 柳州柳侯祠

家”之首。《荔子丹辞》是苏轼60岁左右时书写的，书风成熟稳定，人书俱老，与《表忠观碑》（43岁书）、《醉翁亭记》（56岁书）、《丰乐亭记》（56岁书）并称苏东坡楷书“四大名碑”。此碑也可以称为“三绝碑”，“唐宋八大家”中三位政治命运相似，都曾被贬到岭南蛮夷瘴疠之地的大文豪书法家出现在同一块碑上：柳宗元的高义，韩愈的美文，苏轼的书法，交相辉映。观此碑，书体为大字行楷，用笔丰肥而老辣，无勾挑出锋者飘然率性，还有其中一些字末尾均以铦利之锋芒挟裹而出，或出锋迅疾而威猛。字形方扁中有错落变化，如“鹅”字忽然放大，众多“兮”字，也随手妙变。苏轼此作温厚中见豪放，气势非凡。苏轼生平最推崇颜真卿书法和为人，这件作品正是从颜真卿《东方朔画赞碑》化出。明代王世贞认为：“东坡书《罗池铭辞》遒劲古雅，为其书中第一。”清代王昶说这块碑“书势雄伟遒健，为苏轼大字中之代表作”。

终老广西的宋代大书家名碑
——黄庭坚《五君咏碑》

桂林市的榕湖边上有一座石雕的小舟，今天人们建造这个舟，为的是纪念宋代文坛一位大书法家——黄庭坚。

黄庭坚，江西九江人，北宋著名书法家、文学家。在书法上，黄庭坚位列“宋四家”第二位，在文学上，黄庭坚是“江西诗派”开山之祖。据说，当时黄庭坚就是在此处乘坐小船的，因此这个景观叫作“黄庭坚泊舟处”。为啥黄庭坚到桂林了呢?

北宋崇宁二年（1103 年）十一月，因受元祐党祸牵连，朝廷颁旨，黄庭坚被贬往宜州（今广西河池宜州区）当官。崇宁三年（1104 年）五月初，黄庭坚贬谪宜州途经桂林。第二年，黄庭坚病死宜州。这一来，广西就跟黄庭坚结下不解之缘，宜州成了黄庭坚终老之地。

黄庭坚最有名的碑刻还得数桂林的《五君咏碑》。《五君咏》一文的作者是南朝颜延之，是内容为歌颂魏晋名士阮籍、嵇康、阮咸、刘伶、向秀五人的五言诗，此五人有文人风骨。颜延之是这样的人，黄庭坚也是。

黄庭坚非常尊崇这些名士，就用大字抄录了这篇文章。北宋

● 黄庭坚《五君咏碑》局部 桂林月牙山

元祐五年（1090 年），桂林知府孙览，在颜延之曾经的读书岩前修筑了五咏堂，刻了黄庭坚所书《五君咏》。十多年后，途经桂林的黄庭坚若是看到这块碑，内心应当是感慨万千，别有一番滋味在心头。

然此碑后来遭毁坏，直到清道光时，著名文学家、收藏家梁章钜到桂林出任广西巡抚兼署学政。1837 年，梁章钜在独秀峰下重建五咏堂，并将久随行箧的珍藏本黄庭坚书《五君咏》刻石立于堂中，可惜后来梁章钜刻石也被毁坏了。

今天我们看到的黄庭坚书《五君咏碑》是桂林文物局 1965 年根据梁章钜拓本重新翻刻的，碑也挪到了龙隐岩。黄庭坚这件《五君咏》，书体为行书。字法上，中宫收紧，长笔四展，呈现辐射状；用笔战掣抖擞，行进中多有提按变幻，如长年荡桨，开张大气，是黄庭坚行书的成熟之作。

米芾与桂林的翰墨奇缘

桂林伏波山还珠洞的山石上有一幅宋代大书法家米芾的自画像，旁边刻着几个字，“潘景纯、米黻熙宁七年五月晦同游”，懂书法的人一看便知是米芾风格。

北宋熙宁七年（1074 年）五月，担任临桂县尉的米芾随县令潘景纯游览伏波山，在还珠洞留下题名。题刻用笔精细，笔势动荡，体式开合有度，虽深受褚遂良影响，却已显露米芾体的雏形，是目前所见米芾最早时期的书法风貌，此时米芾还没改名，芾字依然用“黻”。

建中靖国元年（1101 年）友人李彦弼即将到桂林任职，好友程节正在桂林做知州，米芾在真州（今江苏仪征）清燕堂设宴赋诗为其送行。在此期间，米芾挥笔作书，写下了《与程节诗》，让李彦弼带信给程节。程节收到诗信后，也和诗而作。崇宁元年（1102 年），李彦弼请人将米芾及程节诗镌刻于月牙山龙隐岩。刻石为行书，由桂林龙隐寺住持仲堪刻石。就在这两首诗刻进龙隐岩六年后，米芾去世，享年 56 岁。刻石石面现已多有斑驳，字迹多有模糊。从清晰者看，此为米芾晚期上乘之作，用笔相对

● 米芾《还珠洞题名》 桂海碑林博物馆藏（拓片）

早期丰腴了许多，体式婀娜摇曳，时涉险劲。字字错落中见整体匀整，气贯神足。

如今，刻于龙隐岩内的《米芾程节唱和诗》和还珠洞里的《还珠洞题名》《米芾自画像》三件石刻，成为研究米芾早期书画的珍贵资料。

从"罪证"到"荣耀"
——蔡京《元祐党籍碑》

中国书法史上"宋四家"原本是苏轼、黄庭坚、米芾、蔡京，简称"苏黄米蔡"。但是，由于蔡京为人太恶毒，于是把"蔡"替换为德艺双馨的宋初书法家蔡襄。

蔡京的书法长什么样呢？广西境内有两块元祐党后人翻刻的蔡京所书《元祐党籍碑》，一块在桂林月牙山龙隐岩，一块在融水真仙岩。桂林的那块是南宋庆元四年（1198 年）元祐党人梁焘的曾孙梁律重刻；融水那块是南宋嘉定四年（1211 年）元祐党人沈千曾孙沈昕重刻。

《元祐党籍碑》到底是怎么回事？为什么要重刻？这还要从王安石变法说起。北宋熙宁元年（1068 年），宋神宗任命千古奇人王安石为宰相，第二年王安石推行变法。变法初衷虽好，但执行过程中出现了许多问题，触怒了既得利益者。以司马光为首的一批人反对王安石实行的新法。1085 年，宋神宗去世后，哲宗即位，改元元祐，祖母高太后听政，重新起用司马光为宰相，废除新法和打压王安石等支持变法的官员。宋徽宗即位后，任命蔡京为相，实行新政。王安石和司马光是治国理念不同，而蔡京实行新法为了铲除异己，排斥贤良，以恢复新法为旗号，做的是以权谋私的事。《元祐党籍碑》就是蔡京大面积陷害忠良的千古罪证。

为了彻底铲除反对派，蔡京策动宋徽宗先后两次网罗“元祐党人”。崇宁元年（1102 年）九月，宋徽宗下令把反对变法的司马光、苏轼、黄庭坚等 120 人列为“元祐奸党”。凡列入党籍的人，大都被贬谪到蛮荒之地，而且祸及子孙，后代不得留京、不得参加科举。蔡京还策动徽宗书写了元祐党人名单刻石立于京城端礼门，第二年又在全国各路府州军刻碑立石，第三年又把名单增补到 309 人，宋徽宗书写立于京城，蔡京亲自书写的“元祐党籍”名单遍刻全国，京城与各州县都立起了碑。据传崇宁五年（1106 年）正月，京城出现天灾异象——彗星扫长空，景色怪异，朝野为之震撼。“新党”趁机大做文章，说这是蔡京等奸臣的倒行逆施引发天庭震怒。原本就对变法心存疑虑、有意削减蔡京权势的宋徽宗，立即诏令全国“尽毁党碑”。刚刚在各州县立起来的《元祐党籍碑》，又纷纷被砸毁。各郡县之碑刻荡然无存。后来“元祐党人”得以平反，元祐党人后裔以祖先曾为元祐党为荣，为了彰显祖先忠义之名，又把所收藏的碑翻刻到了山石上。历史就是这样翻云覆雨等闲间，昨日还是耻辱的《元祐党籍碑》，没多久又变成了一块光宗耀祖的荣耀之碑。

现存于桂林龙隐岩的《元祐党籍碑》摩崖碑刻，碑头题款“元祐党籍”四个大字为隶书，字形方正，“党（黨）”字无四点底，隶额用笔急速飞扬，锋势夺人；碑文为行楷书，用笔干净

● 蔡京《元祐党籍碑》
桂林月牙山龙隐岩

利索，锋芒毕露，变化多端；结字多承袭褚遂良、徐浩，呈现方扁形态。从笔法传承来看，蔡京主要取法唐徐浩、沈传师、柳公权，北宋赵佶等。融水真仙岩那块碑头为行书，可以看到蔡京大字行书的样式主要取法柳公权，碑体较桂林那块更加清晰，两块摩崖石刻碑身书法风格差异不大，只是形式上略有差别。

● 融水真仙岩蔡京《元祐党籍碑》 桂海碑林博物馆藏（拓片）

风流皇帝的风流字
——赵佶《崇宁癸未奖谕敕书》

宋徽宗赵佶《崇宁癸未奖谕敕书》摩崖碑刻，刻于崇宁二年（1103年）五月二十七日，桂林龙隐岩释迦禅寺住持传法命弟子刻制，碑头为“崇宁癸未奖谕敕书”，正文为行书，碑末楷书记载了刻制时间、地点和人物。

当皇帝，宋徽宗是地道的昏君。但搞艺术，宋徽宗是一流高手、书画丹青盟主。在书法上，徽宗创“瘦金体”独步天下。瘦金体这种风格的书法，用笔瘦劲、挺拔秀丽、飘逸犀利，书写时行笔速度极快而且纯用笔尖完成，没有上乘功夫，很难得其精髓。这种瘦金书，配合宋代工笔画，堪称绝配。宋徽宗的签名甚有特点，像一个“天”字，但“天”字的第一笔又和下面的有一段距离，其实是“天下一人”四字合并，天下一人就是皇帝呐。

广西桂林龙隐岩这块碑讲的是什么事呢？讲的是程节在广西经略安抚使任期间，宜州那边爆发了一场叛乱，有个叫蒙光有的带头人，集结了八千多人起义造反，程节部将黄忱等带领不到三千兵平定叛乱，夺回器械牲畜三万多。这是一次以少胜多的胜仗，程节很高兴，上书徽宗，请求给予表彰。徽宗闻讯，也很高

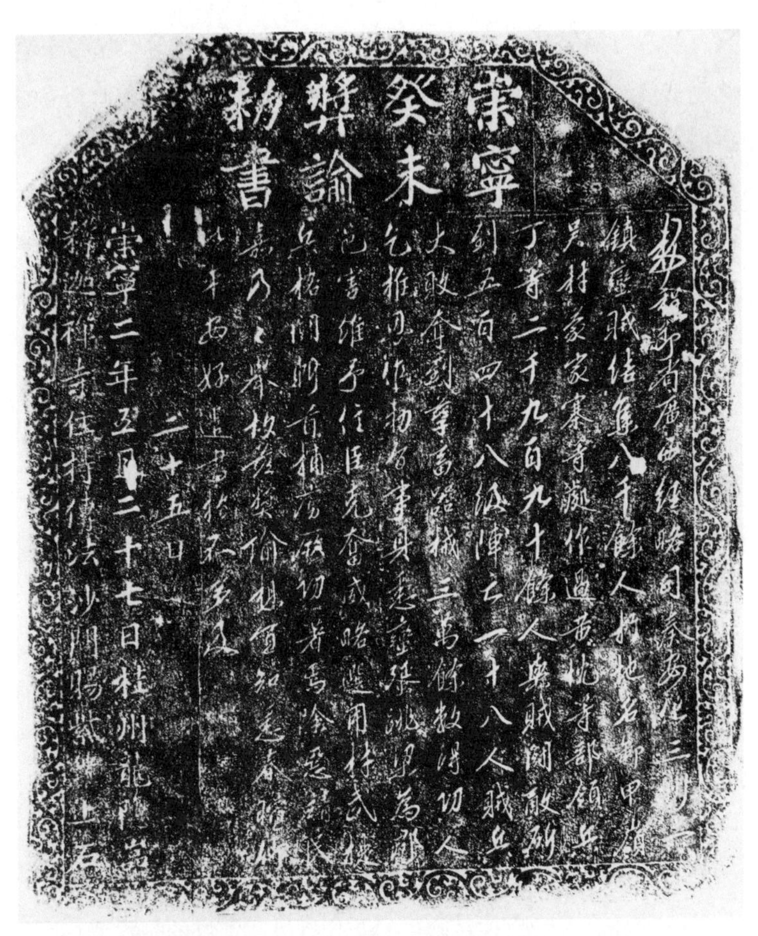

● 赵佶《崇宁癸未奖谕敕书》 中国国家图书馆藏（拓片）

兴，就亲自操笔，写下了表彰书，奖励程节、黄忱等。皇帝亲笔奖励书信，被称为“敕书”。得到皇帝专门回信，是无上光荣的事情，刻碑光耀门楣！

后世多见宋徽宗的瘦金体书法，但其行书，却不常见，从这件作品来看，徽宗用笔依然迅疾而遒劲，但比瘦金体增加了更多肥瘦对比，字势微微斜起，潇洒倜傥。从徽宗这种用笔方式和结字特征来看，徽宗行书主要取法唐代行书名家李邕书风，兼取《集王羲之圣教序》。董其昌称王羲之（右军）和李邕（北海）的书法“右军如龙，北海如象”，宋徽宗能够御龙驱象，兼取晋唐行书两大高手之长。

天才状元的书法什么样
——张孝祥《朝阳亭诗并记》

象鼻山是桂林的城市标识，“象鼻”和“象身”之间，形成一个漂亮的大石洞，叫作“水月洞”。可是，这么一个优雅的名称，曾经被改成“朝阳洞”。

张孝祥，豪放派词人、书法家。宋高宗绍兴二十四年（1154年）状元。宋乾道元年（1165年），张孝祥因受到牵连被贬，七月来桂林知静江府，同来的还有好友张维。

张孝祥是地道的文人，当年中状元时22岁，宋高宗以为他是“谪仙人”——仙人下凡。文人气质的张孝祥的确喜欢游山玩水，喝酒作词。三月三，张孝祥和好友张维游览象鼻山，兴致甚好。当时有个叫了元的和尚，心领神会，不久在象鼻山附近漓江旁修了个小亭子，此后，张孝祥和张维经常来此观赏山水，把酒吟诗。乾道二年（1166年）五月底，二张又来，张维为张孝祥饯行，日映象鼻山水洞中，景色异常美丽，于是张维请张孝祥为亭子题名，还作了诗。红日映江，张孝祥触景生情，多年前与张维同在南京做官，曾经建“朝阳亭”，于是也把这个亭子命名为“朝阳亭”“名亦朝阳，岩曰朝阳之岩，洞曰朝阳之洞”，就这

丙戌上巳，余與張仲欽、朱元順來游水月洞。仲欽酷愛山水之勝，至晚不能去。僧了元識公意，即其上為亭，面山俯江，據登覽之會。五月晦，余復偕兩賢與郭道深、朱永源、方張朝日在牖下，陵倒景，涼風四集。仲欽歌欣然，舉酒屬余曰：茲亭由我而發，盍以名之？余與仲欽頃同官建康，蓋嘗名其亭曰朝陽，而為之詩。非獨以承晨曦之光，惟仲欽之學業足以鳳鳴於天朝也。今亭適東鄉，敢竊亭之名以朝陽，而並曰朝陽之巖，洞曰朝陽之洞。元順、道深合辭稱善，即書巖石，記其所以。張孝祥記。

● 张孝祥《朝阳亭诗并记》　桂林博物馆藏（拓片）

祥把水月洞的名给改了。张维命人把张孝祥的诗并题记刻于象鼻山水月洞中，即《朝阳亭诗并记》摩崖石刻。

张孝祥自称学习过颜真卿的书法，刻于桂林西山的张孝祥榜书“千山观”确实反映出其言不虚。南宋陈槱指其亦“习宝晋”（米芾），得米芾天真洒脱之风。从其书用笔节奏轻重疾驰和字势正侧险夷的变幻来看，张孝祥书法学米多一些。从张孝祥在桂林期间留下的书刻来看，结字奇险近米芾，用笔动荡在米芾笔法外，战掣动作和长枪大戟之势态，是米芾和黄庭坚混合体书风，这代表了宋后期一百多年书风的一种较为普遍的取向。

张孝祥在桂林不到一年，也多亏这位“专事游宴”的静江知府，给广西和桂林留下了好几块书法碑刻。桂林南溪山、象鼻山、伏波山等存有多处其题名、诗、文刻石；此外，桂林西山有其“千山观”榜书，融水老君洞有其“天下第一真仙之岩”八大字，兴安乳洞有其“上清三洞”大字题刻等。

为状元纠错的词人书法家范成大

范成大，南宋名臣、文学家、诗人。在书法史上，与张孝祥、陆游、朱熹并称南宋书坛“四大家”。

乾道九年（1173 年）范成大知静江府，淳熙二年（1175 年）离开桂林。范成大在桂两年多，重视文教，有《桂林鹿鸣宴诗》刻于桂林还珠洞。桂林诸山多有他的诗文题刻，如《复水月洞铭》《碧虚铭》《壶天观铭》等，均为桂林石刻珍品。范成大在桂林的举措，对桂林书风和文化建设产生了积极影响。

张孝祥在桂林时曾将象鼻山的水月洞改称为“朝阳洞”。范成大到桂林任职的当年九月初来到象鼻山，见象鼻山水月洞“石门正圆，如满月涌……水清石寒，圆魄在上，终古弗爽，如月斯望”。范成大觉得“水月洞”名副其实，而且桂林的隐山已有朝阳洞，认为张孝祥因酒后一时兴致而改名不妥，这个洞应恢复旧名“水月洞”。范成大说以后水月洞这个名不要再改，“百世之后，尚无改也”。范成大的《复水月洞铭》就在张孝祥的《朝阳亭诗并记》旁，都在象鼻山水月洞石壁上。

范成大楷书深受颜体早期书法《多宝塔碑》和《东方朔画赞

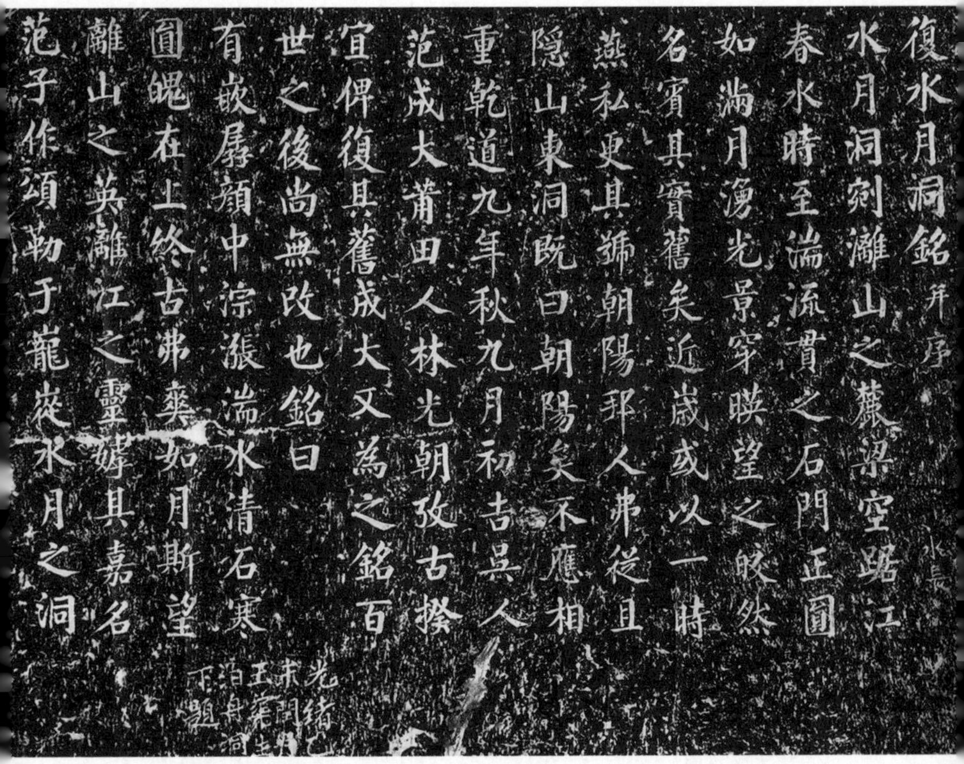

● 范成大《复水月洞铭》 桂海碑林博物馆藏（拓片）

碑》影响，横轻竖重，起止顿挫，点画勾挑遒劲有力，体式方正，一派正人君子气度。颜体书法在宋代受到士大夫广泛推崇，从宋前期蔡襄、石曼卿、韩琦等开始，到中期欧阳修、苏轼、黄庭坚等，再到后期范成大、张栻、詹仪之等，都曾深入学习过颜体书法。

南宋四位夫子联袂的大作
——吕胜己《有宋静江府新作虞帝庙碑》

虞山，在桂林有特殊意义，是桂林的文化地标，承载了一代又一代桂林人建设“文化桂林”的梦想。唐代李昌巎曾修缮过虞帝庙，请韩云卿撰文、韩秀实书、李阳冰篆额刻制了《舜庙碑》。历代注重文化的桂林官员，大都会到虞山虞帝庙拜谒。

南宋时期，桂林也有一块《有宋静江府新作虞帝庙碑》（以下简称《虞帝庙碑》）摩崖碑刻，这块碑被称为“四夫子碑”——由四位南宋理学家（朱熹、张栻、方士繇、吕胜己）合力完成，碑刻的诞生跟张栻来桂林有关。现在就来讲讲这四位夫子和这块摩崖碑刻。

张栻，四川绵竹人，南宋名相张浚之子，理学家、教育家，湖湘学派奠基人，曾与朱熹在岳麓书院讲学，弟子众多，开宗立派。

淳熙二年（1175 年）二月到淳熙五年（1178 年）五月，张栻知静江府。张栻来到桂林后，非常重视文教，他全面开发桂林的“虞文化”：修缮虞帝之庙并邀请名家书《虞帝庙碑》；疏通了虞帝之泽“皇泽潭”；以虞帝所作韶乐命名了“韶音洞”；以

● 吕胜己《有宋静江府新作虞帝庙碑》桂海碑林博物馆藏（拓片）

虞帝所唱南风歌修建了“南薰亭”。在桂林约四年的时间，张栻修虞帝庙、建南薰亭、得韶音洞，“尊五美”，“屏四恶”，注重道治德化，发展文教，以民为本，亲民爱民，践行了儒家治国之道。可以说，文化名人来桂林，就给桂林带来了文化。

南宋淳熙三年（1176 年），张栻主持修虞帝庙并刻摩崖新作《虞帝庙碑》，朱熹撰文，方士繇篆额，吕胜己书碑。

朱熹，生于福建，南宋理学家，世称朱子。明清时期，朱熹著作《四书章句集注》成为科举考试钦定教材。朱熹以理学闻名，写字也可，有人把他列为“南宋四家”之一，篆额的方士繇和书碑的吕胜己都是他的学生。

方士繇，福建人。南宋书法家、理学家，曾师从朱熹，擅长书法，真、草、隶、篆各种书体都能写，篆书尤为突出。朱熹曾跟弟子说，当今篆、隶碑刻，都不太令人满意，几乎没有写得太好的人，方士繇还不错。《虞帝庙碑》十一字“有宋静江府新作虞帝庙碑”为方士繇篆额，书体为小篆，笔画匀整细劲，取法李斯和李阳冰。

吕胜己，福建人，也是朱熹和张栻的门生，南宋书法家、词人，擅长隶书。吕胜己隶书取法汉代《西狭颂》《郙阁颂》《肥致碑》等一路隶书，点画丰肥，横平竖直，波挑出锋含蓄，字形方正，章法茂密。南宋隶书，整体上能够越过唐人，以取法汉代为主，其中，《西狭颂》在南宋影响最大，吕胜己此碑正是这种时代书风的反映。

需要重新审视的桂林本土书家书作
——石俛《龙图梅公瘴说》

桂林月牙山龙隐洞南边石壁上有一块被称为“官家药石”的南宋摩崖碑刻《龙图梅公瘴说》，撰文者为北宋名臣梅挚，书写者为桂林人石俛，文后题跋者为主持刻碑者朱晞颜。

梅挚，四川成都人，曾任龙图阁学士，因此人称“龙图梅公”。梅挚为官一生清正廉洁，光明磊落。宋仁宗景祐初年（1034 年），梅挚出任昭州（今广西平乐）知州，主政两年。广西是瘴疠之地，但在梅公看来，瘴气虽然可怕，但官场腐败荼毒更甚，因此，梅公以岭南的瘴气作比喻，猛烈抨击贪官污吏的腐败行径，写下名篇《五瘴说》。梅挚指出，官场五瘴是：租赋之瘴、刑狱之瘴、饮食之瘴、货财之瘴、帏薄之瘴。只要当官的沾染上一瘴，结果就是“民怨神怒，安者必病、病者必陨”。梅公在昭州任职期间，深得人民爱戴，昭州城东北凤凰山建有“梅公亭”。

安徽人朱晞颜，南宋孝宗淳熙十六年（1189 年）至光宗绍熙六年（1195 年）间两度到广西做官，一次任广南西路转运使，一次任静江知府兼广南西路经略安抚使，先后六年。朱晞颜出于对

● 石俛《龙图梅公瘴说》　桂林月牙山龙隐洞洞口崖壁

梅挚的人品的仰慕，来广西后，于南宋绍熙元年（1190 年）秋，选取《五瘴说》中最重要的部分，请布衣书法家石俛书写《龙图梅公瘴说》，自己也写了一段跋文。朱晞颜在跋语中说，岭南的瘴气不可怕，染上了官场瘴气才是最可怕的。

朱晞颜很喜欢书法，也到处题刻，在桂林龙隐洞、龙隐岩、水月洞、还珠洞、北牖洞、韶音洞、玄岩、弹子岩留下石刻作品十多件，其中三件是转刻近世名贤作品。

书写者石俛，文中其自称“布衣”，应该是桂林当地有名的书法家，以至于朱晞颜闻其名而请其书写。

《龙图梅公瘴说》刻于南宋绍熙元年，书体为隶书，有隶额，隶额与碑文书风一致。从渊源来看，石俛隶书风格接近范成大《碧虚铭》（1174 年）隶额，但显得更加活泼可爱。石俛此作晚范成大《碧虚铭》、吕胜己《有宋静江府新作虞帝庙碑》十多年刻，而且范成大十多年前在桂林做过太守，因此，石俛书法很可能是直接受到范成大和吕胜己隶书影响。或者是，范成大《碧虚铭》可能也是找石俛题的隶额，两碑隶书额风格如出一辙。石俛隶书笔画匀整，笔末常常微微翘尾摇曳、姿态丰富，横轻竖重，中宫舒朗，八面拱心，字中多有圆梯形空隙出现，字外轮廓方正中带有圆融之意。在宋以后直到清代的隶书中，这种风格的作品非常稀少，若将清初郑簠隶书中的蚕头燕尾加以约束，或可接近此碑。这块碑风格很有特色，在宋代隶书中独树一帜，是宋代桂林摩崖碑刻中的珍品，其艺术价值不在清代隶书名作之下。今文人政客多为梅公文障眼，该碑书法却未能引起人们足够重视。

清代隶书大家伊秉绶的“祖师爷”
——张釜《水月洞题记》

在桂林，象鼻山因形态与地理位置独特，毫无疑问是桂林名气最大的山，来广西桂林做官的古代文人，几乎没人不在象鼻山留下点纪念，尤其是那个举世闻名、名副其实的“水月洞”，自从范成大恢复“水月洞”名称之后，再也没人敢改名了。在南宋颂赞“水月洞”的诗歌中，有一首绝句独具特色，有情有趣，这首《水月洞》诗是这样写的：

水际空明月正圆，人行月里水如天。
道旁听得人争指，半是当年折桂仙。

这是描写游客夜游水月洞的场景，漓江旁象鼻山边，水空月圆，人在月中，水天一色。这种美妙的场景，吸引了道旁游人的眼球，月中这些人，大多是当年的进士呢，景逸人更雅！诗歌写得如此美妙，谁的手笔呢？

写这首诗的人叫作张釜，是宋朝名臣、词人张纲的孙子。

张釜，江苏镇江人。淳熙五年（1178 年）中进士，绍熙四年（1193 年）任广南西路转运使来到桂林，一年后离开广西。在桂

● 张釜《水月洞题记》　桂海碑林博物馆藏（拓片）

林任职期间，张釜游览过龙隐洞、訾家洲、水月洞、栖霞洞、曾公洞、千山观、慈氏阁。美丽的桂林山水，激发了张釜的诗兴。

绍熙五年（1194 年）正月四日，张釜等七人在报恩寺悠然亭推杯换盏美餐了一顿，饭后乘坐小船，游览了龙隐洞并题写诗歌，又去了訾家洲，张釜又赋诗一首，傍晚来到水月洞，作了这首《水月洞》诗，后登上慈氏阁，又赋诗一首。张釜离开桂林后，当日一同游览者桂林人滑懋，于庆元二年（1196 年）正月既望，将其刻于水月洞岩壁。

张釜《水月洞题记》通篇隶书，整幅刻石有行有列无界格，行距与字距大致相等，章法茂密；字字独立，中宫疏朗，四周撑满，字外轮廓皆为正方形；笔画促长引短，多直线和斜线，少弯曲笔画，不突出蚕头燕尾，起笔多方，转笔多折，笔画间距匀整，横轻竖重，点画多圆润。从风格来看，此碑间有《西狭颂》《衡方碑》之某些特征。此碑出现后，后世也未有人对此碑进行关注，甚至到清代人们盛赞伊秉绶隶书，却从未提及此碑。但若从风格来看，清代伊秉绶隶书风格非常近于此碑，从时间来看，此碑早伊秉绶六百年。可以说，这块碑是南宋隶书奇绝之作，其艺术地位需当重新审视。

一块石屏引发的书法刻石
——洪迈《高州石屏记》

来桂林的南宋官员中，有一个安徽人叫朱晞颜，爱好书法，曾在广西做官，任职期间，政务之余，热衷于题字刻碑，不仅自己给广西留下了十多件摩崖书法，还把好几件名家名作刻在广西，前面说的石延年《饯叶道卿题名》就是他刻的。这次，我们再来聊聊他刻的另一块名家之作——洪迈《高州石屏记》，因一块石屏引发的书法刻石。

宋代有很多官员喜欢收藏奇珍异宝，朱晞颜身为广南西路经略安抚使也有此好。这次朱晞颜弄到两件石屏，据说石屏的来历跟一个姓潘的仙道有关。传说高州（今广东茂名）曾经有位仙道在山中炼丹的时候，不小心把炼丹的药水洒在岩石上，丹药剂跟石头发生了化学反应，一层一层叠在石头上，形成了奇特的图案。人们将之开采出来打磨好，用红木架起来，摆放在博古架上，很是“高大上”。今天，桂林古玩市场有很多“桂林鸡血”石屏在出售，少则几十块多则上万块。

高州的石屏，非常出名。朱晞颜得到了两件地道的高州石屏，而且石头上的图案就像老树卷云，一派天机，特别好看。洪

● 洪迈《高州石屏记》 桂林龙隐岩

迈是翰林学士，文化名人，喜欢博览群书，也喜欢收藏，书无不读，物无不知。朱晞颜是洪迈妹妹的女婿，于是朱晞颜就把石屏献给了洪迈。洪迈收到后很高兴，提笔作文《高州石屏记》，讲述了“石屏”的来历和这两块高州石屏的来龙去脉。洪迈认为，石屏出自海中，上面那些美妙的图案是海底岩石自带的，而且，这种石头在下雨阴天，就会有水珠。洪迈写完文章，就回赠给朱晞颜。朱晞颜如获至宝，把它刻在桂林龙隐岩的石壁上，还在文末作了题跋，一并刻制。

洪迈《高州石屏记》，是朱晞颜庆元元年（1195 年）刻，现在桂林龙隐岩，书体为行楷书，夹杂少量行草字。洪迈的文章好，字也好。从这件摩崖刻石来看，洪迈书法主要学黄庭坚行楷一路，结体中紧外放，用笔潇洒，不夸张黄庭坚那种过度放纵的长笔画，书风秀逸雅致。

陆游诗歌桂林游

——陆游《诗札书法刻石》

提起豪放派词人，大家首先会想到的是北宋的苏轼，其次则是南宋的辛弃疾、陆游等。在书法史上，苏轼为“北宋四家”之一，陆游则为“南宋四家”之一。桂林象鼻山水月洞石壁上有三处地方刻着南宋豪放派大诗人陆游的书法，还有一段题跋，是陆游和同乡好友杜思恭所书。

陆游，浙江绍兴人，南宋诗人、书法家。陆游生逢乱世，绍兴二十四年（1154 年）参加礼部考试本来名列前茅，但因议论北伐，被秦桧黜落。宋孝宗即位后，赐进士出身，因坚持抗金，屡遭主和派排斥，后因“嘲咏风月”罢官归居故里。嘉泰二年（1202 年），陆游再次入京主持修史书，书成回故乡养老，嘉定三年（1210 年）陆游去世，绝笔《示儿》为后世传诵。

杜思恭，浙江上虞人。孝宗淳熙十四年（1187 年）进士。南宋庆元年间在昭州（今广西平乐）做官。杜思恭喜欢诗歌，是陆游的铁杆粉丝，由于是同乡好友，经常跟陆游求诗。陆游很豪放，对这位老乡有求必应。

这次杜思恭来广西上任时，照样是跟陆游求诗，杜思恭可是

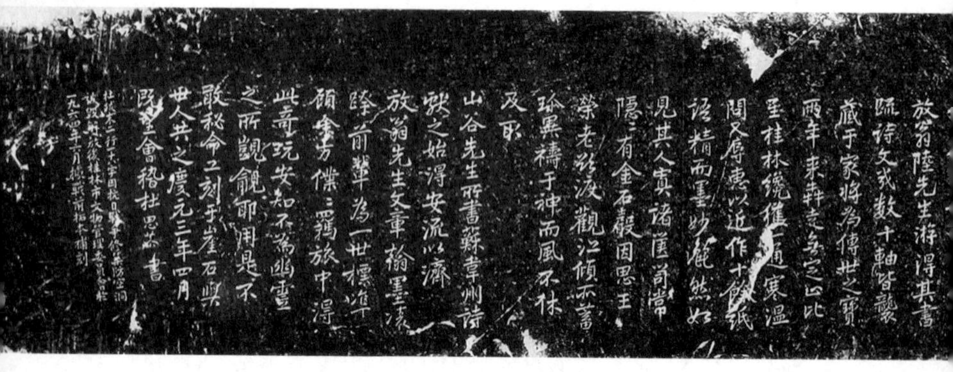

放翁陸先生游得其書
蹟詩文幾數十軸皆襲
藏于家將為傳世之寶
兩年來犇走無虛日比
至桂林繞獲通寒溫
問又辱惠以近作十餘紙
語精而墨妙粲然如
見其人寘諸匱笥常
隱隱有金石聲因思王
榮老將渡觀江傾所蓄
珍異禱于神而風不休
及取
山谷先生所書蘇韋州詩
獻之始得安流以濟
放翁先生文章翰墨遠
蹤前輩為一世標準
顧今方傑然獨旅中得
此寄玩安知不為幽靈
之所覬覦耶用是不
敢秘命工刻于崖石與
世人共之慶元三年四月
既望會稽杜思恭書

● 陆游《诗札书法刻石》　桂海碑林博物馆藏（拓片）

把陆游的字当传家宝的，题跋中讲得很清楚。陆游慷慨许诺，写了七首诗歌相赠。

庆元三年（1197 年）四月，杜思恭在桂林收到了陆游的诗稿，视为珍宝，但想到当年王荣老渡江的事，不敢私藏，于是命人刻在桂林的象鼻山，以流传千古。

这王荣老渡江的事说来有趣。据说王荣老在河北沧州做官，要渡观江，江面大风七日不止，王荣老没法渡江。当地老百姓说，肯定是您身上携带着宝物，这里的江神很灵验，献出就没事了。王荣老献了随身带的各种贵重物品，都不见效。晚上突然想起身上带着黄庭坚草书诗扇面，自言自语，我都不认得这草字，

难道江鬼认得？于是献出，顿时风平浪静，一会儿就过江了。当然，这不过是人们编出的传说，说明黄庭坚书法贵重罢了。

陆游这些诗札为行楷书，夹杂少量行草，行笔流畅，信手自然而不失法度，从笔法传承来看，陆游主要取法晚唐杨凝式，北宋李建中、林逋三家，间取米芾、黄庭坚行书，用笔爽劲利落，书风豪迈苍劲。

“桂林山水甲天下”的来源
——张次良《王正功题鹿鸣宴诗》

“桂林山水甲天下”，这句名言家喻户晓。这回就说一说这个桂林旅游宣传口号的渊源——《王正功题鹿鸣宴诗》。

桂林独秀峰读书岩，那是颜子三十世孙颜延之在桂林做官时读书的地方。读书岩洞口上面有一块碑，碑有七字小篆额“府略刑中公贡诗”，正文是行楷书。碑文的书写者名字叫张次良，是个乡贡进士。碑刻于南宋嘉泰元年（1201年），桂林学子科举大丰收，有11人中举，时任广南西路提点刑狱兼权府事的王正功很高兴，摆设宴席，这种为中举之人摆设的宴席被称为“鹿鸣宴”。它起源于唐代，因为宴会上要唱《诗经》中的“鹿鸣”诗，所以取名为“鹿鸣宴”。为什么要唱鹿鸣诗呢？是因为鹿与禄谐音，新科中举就可以踏入仕途，有“禄”了。古人不太愿把升官发财挂在嘴上，太俗！于是就取了“鹿鸣”这个有些诗意的名字。鹿鸣宴设于乡试放榜次日，宴会由地方官吏主持。王正功的“劝驾诗”，就是在这种场合写的。

在宴席上，王正功作了两首诗，一是为中举的人高兴，二是勉励他们再接再厉。其中第二首诗开头就写道“桂林山水甲天

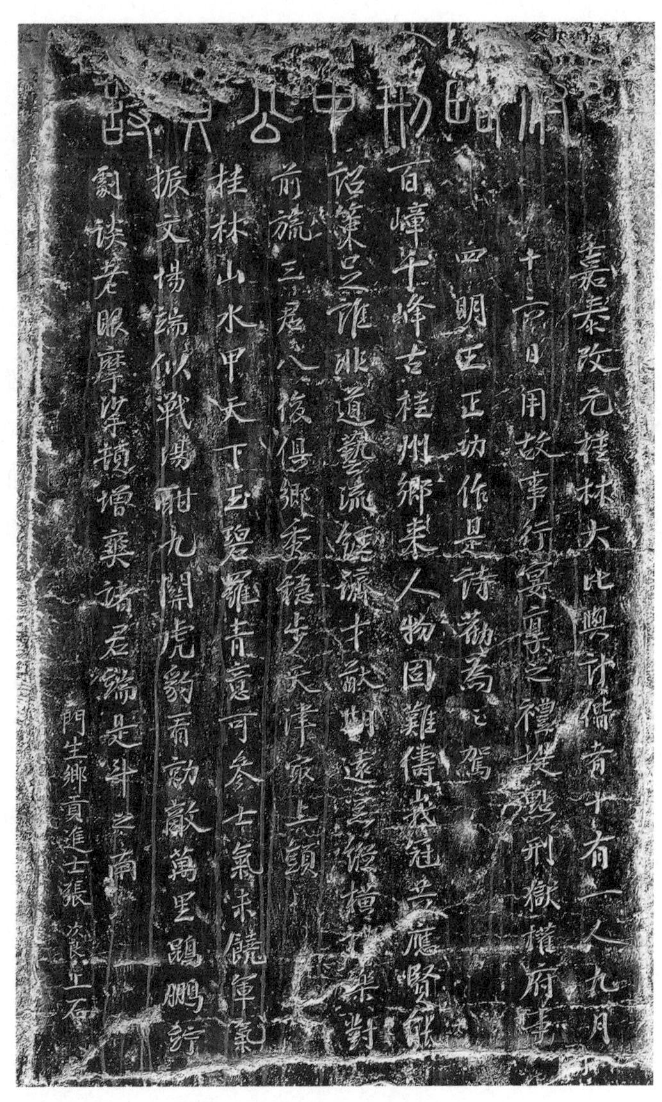

张次良《王正功题鹿鸣宴诗》 桂林独秀峰

下”，桂林的山水秀美，地灵自当人杰，那么桂林的学子也是很优秀，然后就是劝勉中举之人再接再厉。

你是不是以为这首诗重点在讲“桂林山水甲天下”呢？其实不是，这句话只是起兴，借题发挥，后面劝勉学子奋力拼搏，为国家效力才是重点。然而，后人好像把那些劝勉的话故意忘记了一样，只记得那句家喻户晓的名言，“桂林山水甲天下”。

王正功，浙江宁波人，南宋宁宗庆元六年（1200 年）为广南西路提点刑狱兼权府事，嘉泰二年（1202 年），离开广西。在桂林期间，注重文教，整顿吏治。写字上石的人叫张次良，落款为门生乡贡进士。虽然不是什么名家，但这件作品书写得还是非常工稳，从风格来看，张次良书法有些受黄庭坚和陈说的影响，字方中略扁，有纵长的笔画但有意收敛，用笔迅疾有力。

“宋隶之冠”的神曲
——柯梦得《方公祠堂迎送神曲》

方信孺是个很有才的人。南宋开禧元年（1205年）五月，宁宗下召北伐金国，结果一败涂地，战败了就派使臣去议和，年轻的方信孺成为南宋派出的议和大使。方信孺口才非凡，三次往返宋金之间，用三寸不烂之舌为宋王朝争取了短暂的和平。

南宋嘉定七年（1214年），方信孺由广南西路提点刑狱改任广南西路转运判官，这个职务对他来说有特别意义，因为他父亲方崧卿在绍熙三年（1192年）也担任过同样的职务，而且，方崧卿在桂林为官深得人心，桂林老百姓为感恩他在城南永宁寺慈氏阁设立了祠堂。方信孺来到桂林后，将原来的祠堂扩建修缮，并请擅长隶书的莆田同乡柯梦得书写《方公祠堂迎送神曲》，以纪念父亲。柯梦得，福建莆田人，诗人、书法家。多次参加科考，都没考上，嘉定七年朝廷以特招生的名义给他封了个小官。

《方公祠堂迎送神曲》刻于嘉定六年（1213年）初冬，今在桂林普陀山七星岩，隶书，风格在南宋隶书中不常见。南宋隶书，以取法汉代《西狭颂》和《郙阁颂》者为最多，整体上笔画肥厚，字形宽博。柯梦得隶书笔画瘦劲，波挑笔画特别重，出

● 柯梦得《方公祠堂迎送神曲》 桂林普陀山七星岩

锋迅疾，字形方正。这种隶书风格，更接近汉代《礼器碑》《乙瑛碑》和唐代殷仲容《马周碑》的风格。郭沫若游桂林看到这块碑后，称赞其为“宋代隶书中登峰造极的佳作”，这个评价很中肯。

此外，方信孺还将父亲曾经办公的地方重新修缮，定名为

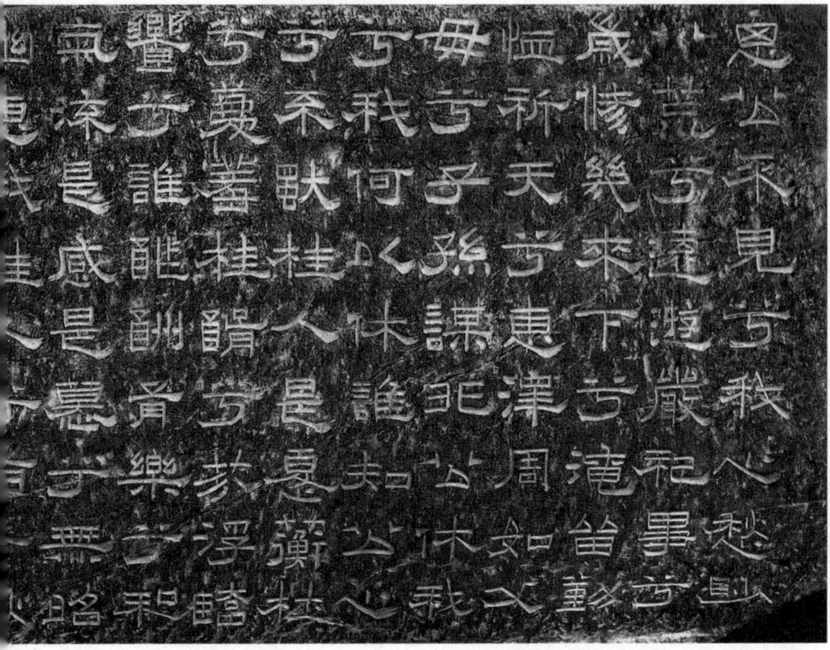

“世节堂”，请当时有名的学者、书法家易祓书写大匾额“世节堂”并刻成碑，以此来追念父亲在桂林的德政，同时借“世节堂”表达自己继承父亲廉政为官的意愿，提醒和勉励自己忠于职守。

元代

元代在广西统治的几十年中，各地反元斗争此起彼伏，存世的历史文物较少，书画作品更是稀少，不过留存下来的孔子像和柳宗元像艺术性都较高，具有典型的元代造型特点，比较圆润。其中孔子像的作者丁方钟是目前已知广西最早有记名的画家。书法方面，在不多的遗存中最著名的当属范梈的隶书《海角亭记》，范梈的隶书风格古朴，用笔肥厚，体势开阔，取法《西狭颂》《肥致碑》一类，他名不虚传，实为“元代隶书第一大家”。

桂林独秀峰的孔夫子标准像

位于桂林王城（现广西师范大学王城校区）内的独秀峰，是桂林最美的山峰之一，很多大画家都登临过、画过，如齐白石、徐悲鸿、张大千等。独秀峰有个读书岩（南朝时桂林的太守颜延之经常在这里读书），岩口西边的岩壁上刻有一幅孔子的胸像，属元代所刻。这里怎么会刻有孔子像呢?

我们知道，孔子在我国被称为“圣人”，以前读书人都要祭拜孔子的，从汉代“独尊儒术”开始，孔子的画像或雕像，供人朝拜，《孔子圣像》《孔子司寇像》《孔子行教图》《孔子杏坛讲学图》《孔子燕居图》等历代都有绘制，至今仍有流传。元统治者也不例外，元成宗时期，宫中设立有专门绘制孔子像的机构，配备有专门的画匠。孔子像有帝王式、官吏式、学者式、布衣式等多种风格。独秀峰的孔子像属于传统的官吏式，即司寇像孔子造型。

这独秀峰与元王朝的缘分还挺深，元代最后一个皇帝元顺帝妥懽帖睦尔曾在这里生活过，不过他在这里的时间不长，元至顺二年（1331 年），12 岁的他被流放到这里，第二年年末他就回

● 桂林独秀峰孔子像

去做皇帝了。14 年后，元至正五年（1345 年），畏兀氏塔海帖木儿（未能考证出他是什么人，可能是皇族中人）来桂林就读（元顺帝就是在独秀峰的大圆寺跟秋江长老学习《论语》和书法的，他对此感情还挺深），请丁方钟画孔子像，朱瑞刻于独秀峰读书岩上，以便“朝夕瞻敬，永保无荒”。

丁方钟所画的孔子像为胸像，四分之三侧面像。孔子头戴高冠，身着司寇官袍，表情肃穆，仪态端庄，目光炯炯，严正而不失飘逸，令人敬畏。从画像中看，孔子身材宽厚，脸形宽阔，方中带圆，长眼、圆鼻、阔嘴、长耳，眉长须茂，带有蒙古人肥头阔耳的特点，是结合了时代审美特征后的理想化的主观臆造的人物造型。

整幅作品的线条细长劲挺，婉转流畅，刚中带柔，不疾不徐，落笔既契合造型结构，又具有独立的审美美感，起承转合，气定神闲，简洁流畅又耐人寻味，塑造了一代儒学大家的威严形象。其睿智的目光，飘逸的须发，淡定的神态，宽厚仁慈的容貌，恰到好处地表现出人物的内心性格。像下有题记："大元至正五年，畏兀氏塔海帖木儿喜童同安马家奴答密失海牙，李京、孙章道、静江闾唐兀氏祖师保，各侍亲官桂林宪帅司，来学于颜公书岩，刻孔子像，朝夕瞻敬，永保无荒。临川黎载谨识。丁方钟画，朱瑞刻石。"

元代的人物画作品存世不多，主要承继了元初赵孟頫人物画圆转流畅的风格，同时，元代的肖像画主要有宫廷帝王的肖像，其形象塑造、衣纹表现，乃至审美趣味，均已形成了一定的样式，例如现存于"台北故宫博物院"的《元世祖像》和《元世祖后像》。而桂林独秀峰的孔子像，就是这种宫廷帝王肖像样式的变化和流传。

丁方钟是目前已知广西第一位有记名的画家。此画像为我们研究元代广西的绘画，提供了不可多得的材料。

一代文豪的气质
——柳州柳宗元像

有不少历史文化名人都到过广西做官，南朝有颜延之，唐代有柳宗元、元晦、褚遂良，宋代有黄庭坚、秦观、米芾，明代有王阳明、解缙，等等。有些是路过广西，像宋代的苏东坡、明代的汤显祖等。这些人之所以能在历史上享有大名，他们的思想和文化修养都是非常高的，因此他们的到来能为广西带来先进的思想和文化，广西的人民都非常感激和怀念他们。柳宗元就是其中一个。

柳宗元在柳州期间，办了很多实事，比如重修孔庙，尊文重教，打井取水，修路种柑，等等，得到了柳州人民的爱戴。柳州人民为了纪念柳宗元，为他建了衣冠墓，并立有柳侯祠。

柳侯祠最早兴建于柳宗元逝世后三年，即唐穆宗长庆二年（822 年）。此后历代均有较大规模的重建或修葺，历史记载的就有元代至大、明代永乐和嘉靖、清代康熙和乾隆年间的几次。

柳侯祠内现存有一块柳宗元像碑刻，是元世祖至元三十年（1293 年）所刻。

这块碑现在只剩残碑了，碑上半部分为文字，叙述了柳宗元

● 柳州柳侯祠柳宗元像

的简况、在柳州的功绩以及重刻碑像的缘由；下半部分仅余柳宗元半身像。像中的柳宗元身着官服，头戴官帽，双手拱于胸前，右臂揣一卷轴于怀中，脸部为四分之三侧面像。刻像用线简洁流畅，疏密有致，生动传神。婉转圆润而遒劲有力的线条，有如元篆刻中的朱文，是典型的元代风格。画像多以单线阴刻，疏朗简洁的线条准确地暗示出造型结构，飘逸流畅而又丝丝入扣。须、眉和发际处以复线刻出，与其他的线条有所区别，表现了须发的浓密。而衣袖处的衣纹，也以变化多姿的下垂长线刻出，使得整幅画面强化了疏密对比而富有节奏感。脸部左侧从官帽下沿至眉弓、颧骨直至下巴的这一根线，一气呵成，简要概括而又准确传神地表现了柳宗元略带消瘦的形象特征，极富表现力。眼睛的塑造是画像的点睛之处，寥寥数笔，虽是刻石，其所用线条却极为洒脱而有情趣，线条造型看似概念化，具有装饰性的味道，却把柳宗元睿智、炯炯有神、不怒自威的眼睛神采传达出来，做到了“传神阿堵中”形神兼备的表现力，是画像的最精彩部分。而右手所抱的卷轴，则很好地体现了柳宗元的身份特征。

这是能保存下来的一幅不可多得的元代肖像画艺术作品，它承载了柳州与柳宗元的一段缘分和浓浓的情感。

元代隶书碑刻第一家
——范椁《海角亭记》

广西北海合浦县廉州镇西南廉州中学内有一座古亭，可能是因为濒临大海，亭子有个好听的名字叫海角亭。亭子始建于北宋景德年间，距今已有千年。

据说，亭子为的是纪念汉代合浦太守孟尝。孟尝是个清正廉洁的官，为了纪念他，人们把这个地方叫作廉州。南朝时，颜真卿的高叔祖颜游秦也在这里做官，清廉有道，人称“廉州颜有道”。看来廉州名不虚传，常有廉洁的官员到此。元代的时候，这里也来了一位很有名的清廉官员——范椁。

范椁，清江（今江西樟树）人。元代诗人、书法家，与虞集、杨载、揭傒斯齐被誉为“元诗四大家”，书法擅长篆隶，元代赵孟頫非常推崇他的隶书，曾说“范德机汉隶，我固当避之；若其楷法，人亦罕及”。赵孟頫的意思是说，范椁的隶书水平比我高多了，他的楷书，水平也不低。

元至大元年（1308 年），范椁被推荐为翰林院编修。后升为海北海南道廉访司照磨，范椁所到之处，廉洁奉公，兴办文教，改善民风。海角亭本来建于北宋，元朝时亭子已经损毁。元延祐

● 范梈《海角亭记》 合浦县廉州中学

三年（1316年）秋天，范梈视察合浦，发现了海角亭旧址，因此，嘱咐郡守重建海角亭，并撰写了《海角亭记》由当地官员刻成碑立在海角亭。《海角亭记》中写道："钦廉雷在百粤，距中国万里而远，郡南皆岸大洋，而廉又居其折，故曰海角也。"说的是亭子名称的由来，钦州廉州远离中原在海边，廉州又在海水折道处，所以叫作"海角"。

看来，人们常说的"天涯海角"中的"海角"就是这地方。那天涯呢？可能是被称为琼崖的海南岛吧。北宋元符三年（1100年）苏东坡从海南岛回大陆，就是在北海合浦上岸，据说他还在海角亭挥毫"万里瞻天"。由于孟尝和苏轼曾来过，亭的正面两条古柱上镌着一副对联："海角虽偏山辉川媚，亭名可久汉孟宋苏。"

《海角亭记》正文为隶书，有篆书碑额"海角亭记"，书写者都是范梈。从这件碑来看，范梈篆书、隶书都取法汉代。篆书取汉代《袁安碑》一路，笔画丰厚，用笔圆转，体势纵长。隶书风格古朴，用笔肥厚，体势开阔，取法《西狭颂》一类。《海角亭记》碑足见范梈隶书名不虚传，实为元代隶书第一大家。

明代

明代广西的美术主要是以陵墓雕塑为主，包括靖江王陵的雕塑，以及土司的陵墓雕塑。此外，梅瓶也是明代广西最具特点和最有价值的遗存。在绘画上，则只有王阳明等几件人物碑刻，纸本作品仍然没有留传。明代广西书法碑刻突出者不多，但整体水平尚可，而且，碑刻中所涉及的人和事都极具文献价值。明代广西书法的三条脉络：一是以靖江王为核心的王室相关碑刻，包括皇帝敕令或靖江王府所立碑刻，这类多为台阁体书风，如擅长书法的靖江王所书碑刻。二是以朝廷命官、封疆大吏为核心的相关碑刻，如俞大猷、周天球、龚大器、詹景凤。三是以宦官为核心的相关碑刻，太监善书法是明代一个重要特征，陈彬、傅伦是其中最出名的两位。

普贤菩萨现身
——桂林象鼻山普贤塔南无普贤菩萨像

象鼻山是桂林最具代表性的一座山，它是桂林的象征。到桂林来看象鼻山，除了远观它犹如大象吸水的美丽风景之外，还可以去爬一爬这座山，因为山上象背的位置上有一座塔，叫普贤塔，这是一座喇嘛式实心砖塔，远看它像是插在象背上的剑柄，又像一只古雅的宝瓶，因此也被称为“剑柄塔”或“宝瓶塔”。

这座塔建于明代，塔高 13.6 米，塔基为双层八角须弥座，在第二层基座的正北面，嵌有一块青石浅刻的南无普贤菩萨像。

普贤菩萨是我国佛教四大菩萨之一，象征着理德、行德，与文殊菩萨成为释迦牟尼佛的左、右胁侍。历来普贤菩萨的画像中他都是骑着大象的，而现在，他就真的是骑在一座象山的背上了，真是再合适不过。

由于刻像不大，线刻较浅，加上年久风化，画像现在已经模糊不清，难以辨认，但仍依稀可见普贤菩萨的头顶上有圆形背光，另外还有重复、繁密的曲线造型，线条流畅。

这幅刻像作为明代的线刻作品，为我们保留了当时的艺术史料。

桂林象鼻山普贤塔南无普贤菩萨像

心学大师王阳明像

明代的心学大师王阳明是深受人们喜爱的一位传奇人物，尤其是近年一些描写明代的小说和王阳明传记的出版，更是让他风靡一时。

王阳明，浙江余姚人。明代中后期著名的哲学家和教育家，曾官至南京兵部尚书、南京都察院左都御史，因平定“宸濠之乱”等军功而被封为新建伯。隆庆年间追封侯爵。谥文成，后人又称王文成公。

王阳明一生是极富传奇色彩的，据载他 5 岁才开口说话，12 岁立志要做圣贤，18 岁受“格物穷理”思想影响天天“格竹”差点丧命，28 岁中进士任职于工部，后因奏疏“权奸”刘瑾而被发配至贵州龙场当驿丞，却因此而“龙场悟道”。作为一介文弱书生却能统兵平定诸多战乱，被称为“战神”。以“立德、立功、立言”“三不朽”被视为“千古完人”……

这样一位传奇人物，他生命的最后两年时间，是在广西度过的。嘉靖六年（1527 年），王阳明以原职南京兵部尚书兼都察院左都御史总督两广军务，后又兼两广巡抚。当时正值田州与思恩

州土官互相仇杀，遭镇压酿成叛乱。王阳明经过考察分析，写成《奏报田州思恩平复疏》上奏朝廷，说服朝廷采用土流并治、以流官知府约束土官的政策，于次年（1528 年）二月兵不血刃平息了田州、思恩州的祸乱。五月，王阳明又率军攻破浔州府（今广西桂平市）大藤峡起义军营地。十月，王阳明因重病上疏奏请离职还乡，十一月（1529 年 1 月）行至江西南安时病逝，享年 57 岁。

在广西期间，王阳明除了平息战乱，还兴办书院，宣讲儒学，对广西教育发展做出了积极的贡献。1937 年出版的《邕宁县志》载："我县书院，明朝所立者，皆已久废，惟敷文书院岿然犹存。""敷文书院，在北门街口，即县学旧址。明嘉靖七年，新建伯王守仁（王阳明）征思田驻邕时，建有正厅，东西廊房，后厅，日集诸生，讲学其中。后人因立公像于后厅，春秋祀之，名为文成公祠。"

王阳明像石碑刻于明代嘉靖末年，石碑阴线刻王阳明全身坐像，上方以篆书横题"王阳明老先生遗像"。像中王阳明头戴冠帽，身着朝服，正襟端坐于太师椅上，双手拢于胸前，身形及面相消瘦，然而神态怡然自若。

此幅造像刻制时间距王阳明去世不到 40 年时间，人物相貌与其他王阳明像也相吻合，由此可见是较为写实的。其用线虽然极为简洁，但人物特征的刻画却细腻生动：深凹的太阳穴和颧骨，深陷的眼窝内一双细长的眼睛炯炯有神，鼻子圆隆有肉，法令纹深但短，嘴巴较小，下巴瘦削，胡子飘逸有型。除了头部刻画生动传神之外，其余部分疏密组织有致，线条曲折有力，应物

● 南宁王阳明像
南宁人民公园镇宁炮台内

象形丝丝入扣。如帽子线条简洁，刻画出帽子挺拔利落的质感。肩部的两根线条生动地表现出王阳明瘦弱的身躯，衣纹组织繁简有序，富有变化的线条流畅活泼，较好地刻画出服饰的形态和质感，并富于线条的表现力和韵律美。太师椅靠背两端卷云状的装饰、两边扶手的“S”形曲折和各部件的榫接，椅面及椅脚的敦实有力，都表现得到位且富有美感。除了线稿造型谨严、富于艺术性，造像的刻工也极佳。刻线虽细，然刻进较深，可以说是入“石”三分。细挺的线条曲折有力，富有弹性。

应该说这是一幅人物形象特征刻画到位、线条具有较强表现力和美感的明代线刻，是广西现存不可多得的人像线刻精品。

除了这幅王阳明像，广西现存的还有南宁青秀山的“阳明洞”、平果市的阳明洞石刻、武鸣王公祠及阳明书院遗址、平果市旧城圩驿站遗址、靖西市望江亭石刻等纪念王阳明的遗址共计100多处。

吴道子的观音像

贺州市富川瑶族自治县县城南郊的瑞光塔，因塔内供有线刻观音像，俗称观音塔、观音阁。

瑞光塔内立有一块观音像碑刻，碑高 1.95 米，宽 0.95 米。中间阴刻观音立像，像左边中间位置刻“唐吴道子作”，右边刻“万历甲辰年春朔邑人汪若冰刻石”。万历甲辰年即万历三十二年（1604 年），说明此像为明代刻像。汪若冰，富邑人，明万历己卯（1579 年）科举人，云南按察使司副使。

这幅观音像，观音头戴繁密花冠，其面相及身体丰腴，腹部及胯向前，动态呈优美的“S”形，双肩在衣纹下显露出来，使人能感觉到衣服下人体结构的起伏。左手叠于右手上，手指呈兰花指状，动态生动自然，结构交代明确，富有肉感而姿态优美。衣纹下垂，胸前、肘部、下摆等线条较为繁密，通过方向大致一致而绝不重复的复线，强调出动态和衣服质地。疏处不着一笔，显得疏密对比明显，富有韵律和节奏。裙摆着地，卷曲如云，使观音犹如腾云驾雾。露出一双赤脚，形态亦甚为优美。整幅画像动态生动，结构严谨，衣纹线条繁密，然而组织有序，婉转流畅，如行云流水，富于韵律感。

画像说是吴道子作，但不一定可信，然而从人物形态看，有典型的唐代特征。从画像的线条造型看，虽然未见吴道子典型的绘画风格“吴带当风”，却也犹如出水芙蓉，具有经典中国传统人物画的美感。

不过，本幅摹刻之像，在摹刻时，刻工的线条显得犹疑、抖索，艺术性不高，使得原作之韵味，仅存一二而已。然而即便如此，这幅画像保留了传统人物画的样貌，使我们借此而得以窥见中国传统人物画的经典风貌。

● 贺州富川瑞光塔观音像

明代靖江王的字是什么样的？
——朱佐敬《独秀岩西洞记》

自秦始皇开始，两千年来，桂林一直是广西最重要的城市，直到20世纪中叶。南宋时期，桂林城市地位大大上升，到明朝时期，桂林跃居全国三十多个重要城市之一，成为岭南重镇。为了巩固朱家王朝的统治，明太祖朱元璋施行“封缄亲王，屏藩帝室”的分封政策，先后分封二十五个藩王，其中一个是侄孙朱守谦，靖江王就是这一支脉。

靖江王在广西传了十三代，其中，不乏几位很有作为，如第三代“庄简王”朱佐敬、第七代“安肃王”朱经扶等，他们大都重视文化，爱好书法，能写一手好字。

在桂林靖江王府独秀峰有一些书法摩崖题刻就是爱好诗文书法的靖江王题写的，其中有一块朱佐敬写的《独秀岩西洞记》水平算是不错，但碑刻已经损毁了，只有拓片传世。

朱佐敬，永乐九年（1411年）袭封靖江王。爱好文学，能作诗文，喜欢书法，靖江王府中有很多牌匾都是出自朱佐敬之手。《独秀岩西洞记》刻于正统九年（1444年），这是一篇叙事写景感怀记文，文中讲述了祖上被分封到桂林做靖江王的历史，描绘

● 朱佐敬《独秀岩西洞记》　桂海碑林博物馆藏（拓片）

了独秀峰的秀美景色，也记载了靖江王府的一些生活。从记载中看，靖江王好像过得比较悠闲，吃穿不愁，没有多少政事需要操劳，无聊的时候就通过吹拉弹唱、游山玩水、琴棋书画来打发时日，书法也是文化人消磨时日的一种方式。

从书法视角来看，朱佐敬《独秀岩西洞记》主要取法颜体中晚期宽博一路和柳公权书法。横画轻、竖画重，笔画布置均匀疏朗，字形方正，呈现出端庄大气的风范。

孝宗广西找外婆

——朱祐樘敕立《孝穆皇太后父母诰封碑》

成化二十三年（1487 年）秋，明宪宗驾崩，九月，十八岁的朱祐樘继位，第二年改元“弘治”。朱祐樘为人宽厚仁慈，励精图治，任用为人正直的大臣，努力扭转朝政腐败状况，开创了明朝的“弘治中兴”局面。说起这位好皇帝，就不得不提广西贺州瑶妃的故事。

明朝广西大藤峡战役中，明政府军从广西掳掠了一些俊美的小男孩和小女孩，其中有一个叫汪直的进宫当了太监，一个姓纪的女孩被作为宫女送进后宫。后来汪直成为西厂厂公，深得万贵妃信任；纪氏则机缘巧合，与宪宗皇帝生下了朱祐樘。

关于明朝题材，在影视剧中最吸引人的莫过于东厂、西厂、太监、锦衣卫等话题。东厂、西厂斗争最激烈的时期则是在明宪宗朱见深成化年间，特别是万贵妃专权时期。据传明宪宗朱见深小时候就喜欢上了比自己大 17 岁的宫女万贞儿，万贞儿就是后来被册封的万贵妃。万贵妃给朱见深生了一个孩子，结果夭折了，后来就不孕了，另外一个妃子给皇帝生的孩子，也夭折了。万贵妃自己生不了孩子，也防着其他妃子和宫女给皇帝生。

● 《孝穆皇太后父母诰封碑》
桂林东安路圣母池旁

成化十一年（1475 年）的一天，明宪宗照镜子的时候发现自己有了白头发，于是感慨人生短暂，后继无人，大明将来该怎么办。在一旁伺候的太监张敏听后，秘密地告诉朱见深，您有个 6 岁的儿子，藏在西宫。朱见深又惊又喜。原来，成化五年（1469 年）秋，朱见深发现一个宫女即纪氏，知书达理，相聊甚欢，留宿一夜后，宫女怀孕了。张敏为保住皇帝的子嗣，就瞒着皇帝和万贵妃把纪氏和小皇子藏了起来。直到听到皇帝感慨，张敏才斗胆说出实情。皇太后听说后，怕万贵妃下毒手，就把小皇子接到自己身边养着。那年六月，纪氏暴毙，有人说是被万贵妃害死

的。十一月，朱祐樘被立为皇太子。

朱见深对万贵妃可谓一往情深。1487 年正月，万贵妃突然死了。那年秋天，朱见深也驾崩了。朱祐樘继承皇位，就是明孝宗。明孝宗为什么死后谥号为“孝”呢？应该跟他念念不忘生母纪氏有关。由于自己这段不同寻常的身世，孝宗一生一世，践行了一夫一妻制，成为历史上一代贤君。明孝宗继位后，追封生母为孝穆皇太后，为了报恩，曾派人到广西寻找外婆家的亲人。

在桂林牯牛山下西外街，有一口形似八卦的大井，名叫圣母池，池边矗立着一座气派的祠庙，叫庆元伯祠，是弘治皇帝为了纪念外公和外婆而下令建造的。明代弘治三年（1490 年）在祠外立的《孝穆皇太后父母诰封碑》就是孝宗皇帝在广西寻找外婆家亲人的明证。

《孝穆皇太后父母诰封碑》碑文为楷书，有行有列无界格，书体是明代典型的台阁体，风格近乎颜体早年《多宝塔碑》一路，法度严谨，书写极为工稳。此碑虽然没有署名，但由于其为皇帝敕令所立，书写者当为朝廷中一流写手。从这块碑刻中可以看出，在明朝弘治年间，台阁书体已经非常普及。

监军太监想当文人

明朝来广西的太监中，有一位叫傅伦，非常特别，跟广西渊源深厚。

正德十年（1515 年）为了征讨和平定广西的瑶民起义，傅伦任钦差，镇守广西，属军事方面的知监太监，权力相当于各省设置的最高军事长官总兵，掌握广西最高军事大权。从正德十一年（1516 年）至嘉靖九年（1530 年），傅伦在桂长达 15 年。在此期间，他遍游桂林名山胜景，留下题诗题记摩崖石刻十多件。其中，傅伦特别钟情叠彩山，在叠彩山留下的题刻也最多。

嘉靖二年（1523 年）之前，傅伦的署名"钦差镇守广西地方都知监太监傅伦"，充满了官场气象，如《叠彩山寻春诗》；嘉靖六年（1527 年）以后，署名多为"湖南太监""太监素轩傅伦"之类，刻意隐藏了官衔；嘉靖九年以后，他大概是看淡了名利，署名则为"素轩"或"湖南傅伦""素轩傅伦"等，一派文人气质，如《登风洞览景诗》。这个时候，傅伦的心态正如他诗中所写："洒落情怀诗遣兴，优游岁月酒相酬。烟波钓叟轻名利，不羡人间万户侯。"诗酒遣兴轻名利，真是一副隐逸文人派头。

● 傅伦《叠彩山寻春诗》
桂海碑林博物馆藏（拓片）

● 傅伦《登风洞览景诗》
桂海碑林博物馆藏（拓片）

其实，傅伦的这个署名的变化是有原因的。嘉靖皇帝登基后，惩治了一些恶名昭著的镇守太监。嘉靖七年至十年（1528—1531年），大举裁除镇守宦官。至此，这个出现于永乐年间，盛行于正德年间的宦官专权弊政，暂时得到整顿。傅伦在叠彩山题诗署名的变化反映了嘉靖帝裁宦官的历史。

傅伦在桂林留下的书法题刻以行楷书为主要书体，取法“二王”一脉，介乎赵孟頫、虞世南之间，笔画遒劲而轻盈灵动，结体稳当而空灵，章法完美。其书法水准绝不在明代翰林院台阁专职书法家的作品之下，为明代书法精品。以其在桂林的题刻观之，傅伦当属明代宦官中书法之佼佼者。这也反映出明代中期，宦官开始涉足文坛，在翰林院台阁体书法家的熏陶之下，宦官中有相当一部分在书法上表现出了很好的才干。

博古通今的药地和尚也擅长书法
——方以智《山高水深》

桂林普陀山朝云洞有一块榜书题字“山高水深”，文字很有意境，来这里的游客一般会认为，这大概是描绘普陀山的吧，其实另有一说。

晚唐有个隐士叫林和靖，南宋诗人袁韶题写林和靖像时曾经说过“山高水深，无成无亏”，这是“山高水深”的来源。这块碑字为横式，落款是方以智。四个大字书体为楷书，略有连带用笔，用笔含蓄而干净，笔锋出锋细微处映带可以看得很清晰，笔画轻重提按变化自然。字形排列微微错落，但能和谐统一。整体上显得秀逸含蓄。从传承来看，这块碑介乎初唐名家欧阳询、虞世南，明代王宠书法风格之间。

方以智，安徽桐城人，为“明末四公子”之一，明代百科全书式学者，学术上方以智家学渊源，博采众长，主张中西合璧，儒、释、道三教归一。一生著述400余万言，存世作品数十种，内容广博，文、史、哲、地、医药、物理，无所不包。据桐城方氏家谱记载，方以智为方苞从祖，可以说，方以智实为“桐城派”之先祖。

崇祯十三年（1640年）方以智中进士，任翰林院检讨。明朝亡后被李自成俘虏，坚决不投降，后逃到南京投奔南明弘光帝，

● 方以智《山高水深》　桂林普陀山

之后再流亡浙江福建一带，再后来就跑到了广西桂林。清顺治四年（1647 年），在瞿式耜的荐举下，投南明王永历帝朱由榔，出任翰林院侍讲学士，没多久，方以智又隐退了，还在广西梧州云盖寺出家，法名弘智，因为他曾长期贩卖药材，故人称“药地和尚”。出家后方以智在发愤著述的同时，继续秘密组织反清复明的活动。康熙十年（1671 年）被捕，在押解途中，死于江西万安惶恐滩。

方以智跟桂林缘分很深。南明隆武元年（1645 年），方以智在桂林住了一年左右。南明永历元年（1647 年）一月，方以智又“随驾之桂林”，二月，因不愿拜内阁大学士之敕，便逃入湖南新宁的山中。永历二年（1648 年）的冬天，为与妻子孩子团聚，方以智第三次来桂林，不久又移居平乐之平西山，此后多往来于平乐与桂林之间。永历三年（1649 年）方以智在桂林住了一个春天。

永历四年（1650 年）五月十五日方以智受东阁大学士瞿式耜之邀，“密之溯舟漓江，至小东皋”瞿式耜的桂林庄园。七夕之日与瞿式耜一道泛舟漓江。据说，这块“山高水深”的榜书题刻，就是方以智陪瞿式耜游玩时所写。瞿式耜是江苏常熟人，明末清初非常有名的诗人，人品和诗品均为一流。方以智对瞿式耜非常敬慕，所以写下“山高水深”来表达对瞿公的敬仰之情。

清代

清代朝廷花了很长时间才实现了对广西全面有效的统治，之后实行了一系列鼓励文化科举的政策，广西的文化包括书画在内得到了兴盛发展。绘画方面出现了大批画家，有本土成长起来的画家，也有外来的画家，在广西做官的官员中也有几位优秀的画家，甚至出现了以卖画为生的职业画家以及绘画培训机构，还出现了绘画世家。最值得骄傲的是从广西走出去了一位在美术史上有极大影响的大师石涛。书法方面，王澍、袁枚、阮元、梁章钜、严永华、康有为等一些书法名家有作品在广西传世。碑刻方面，最集中的是桂林，其他则有柳州柳侯祠和鱼峰山碑刻、玉林容县公园碑刻和北流市勾漏洞碑刻、贵港南山寺碑刻等，也有一些其他纪事碑。广西现存的古代书画作品大部分都是清代的。总的来说，清代广西的书画存世量大，其中也不乏佳作，但与历代的相比还是缺乏鲜明的特点和创新。

广西走出去的大画家石涛

在我国的绘画历史上，石涛是一位非常有名气、影响很大的画家。他在诗、画、书法、篆刻、画论等方面都有很大成就，特别是在绘画上，不论山水、人物、花鸟兰竹，无所不能，无所不精。就连跟他同代的大画家王原祁都佩服不已，他说："海内丹青家不能尽识，而大江以南，当推石涛为第一。"历来文人相轻，能得到同辈画家的盛赞，水平自然是没得说的。

石涛的绘画艺术不仅在当时享有盛名，对后来的画家也有极大影响。清雍正、乾隆年间"扬州八怪"的出现，可以说也是受石涛影响而形成的。石涛提倡以真山真水为稿本，强调"搜尽奇峰打草稿"，力图从真实山水中画出生动活泼的富有生命力的作品，以求扭转明代以来中国画摹古的没落趋向。他所著的《苦瓜和尚画语录》，是他一生艺术实践的经验总结，也是一部完整的绘画理论著作，是中国画论中的杰出篇章。

这样一位在历史上举足轻重的大画家，他是广西人，这是广西最为值得骄傲的一件事。

石涛本姓朱，名若极，石涛是他的字。他是桂林人，是明靖江王朱亨嘉的儿子，算是皇孙贵族。可惜生不逢时，他出生不久明朝就灭亡了。明亡后，他的父亲朱亨嘉自称监国，后来被诛杀。清兵杀到桂林时，他的母亲和宦官何涛偷偷地护送他逃出桂林，来到全州隐姓埋名，入湘山寺为僧。在湘山寺的五年里，石涛开始学画，他后来取得这么大的成绩，一定是他在湘山寺的五年里打下了深厚的功底。石涛后来因为要躲避清兵追杀，逃往了武昌、江西。此后游历江南各地，晚年定居扬州，在扬州终老。

虽然石涛的主要艺术活动并不在广西，但他作为从广西走出去的杰出画家，是广西人的骄傲。

● 石涛《山亭独坐图轴》
广西壮族自治区博物馆藏

出生在南宁的大画家黎简

和石涛一样，还有一位画家也是从广西走出去的，他就是黎简。黎简的艺术水平虽然远不如石涛，但他对广东画坛却有着深远的影响。

黎简，原籍广东顺德县（今佛山市顺德区）弼教村。他的父亲黎晴山来广西南宁经营米业，娶当地大族雷氏女为妻。黎简于乾隆十二年（1747 年）五月二十三日（6 月 30 日）在南宁出生。20 岁时他回广东与同郡处士梁若谷长女梁雪（字飞素）结婚，此后四年居广东。1771 年 8 月他又回到广西，直至 1773 年 5 月 26 岁时才与生母雷氏一起回到广东。

黎简 8 岁开始学画，据说他少时在广西游少数民族地区，能把山峦景色和烟云变化，一一收入笔底。

黎简绘画受石涛影响较大，他非常崇尚石涛并潜心向他学习，临摹石涛的画一临便是 10 余本。除石涛外，黎简也注重向其他名家学习，比如对范宽、米芾、倪瓒他都有所研究与学习。

黎简在学习前人的基础上，也有所创新。他的好友谢兰生在《常惺惺斋书画题跋》中就说，在山水画中表现木棉的，黎简是

● 黎简《山水图轴》（局部） 广东省博物馆藏

首创者，他用红色点木棉而不具体勾叶，可见他在继承传统的基础上，还注重当地风物的表现，并开创新的表现技法。

黎简曾入选乾隆五十四年（1789 年）拔贡。他诗画书称“三绝”，与张如芝、谢兰生、罗天池并称为“粤东四大家”。黎简对广东画坛影响巨大，甚至可以说他改变了广东绘画学习北方的面目，而开创了属于本土的绘画语言。广东省博物馆、佛山市博物馆收藏有数量较多的黎简作品。黎简是继石涛之后，又一位出生于广西，始学画于广西，而后走出广西，对画坛产生巨大影响的画家。

文武双全的大画家罗存理

清代广西的文化进入了兴盛时期，出现了大批画家，有的是家族传承，绵延好几代。有记载的比较早期的画家有罗存理。罗存理生活在雍正、乾隆年间，广西临桂县（今桂林临桂区）人。他出身贫寒，但是个奇人。他练就了两手绝活，一是气功武术，这身武艺使他人虽清瘦，但健康长寿，活了 80 多岁，在当时算长寿的了。二是书画艺术，他以卖画为生，这门手艺解决了他的生活问题。罗存理的绘画技能其实挺全面，山水、人物、花鸟、走兽样样皆能，这说明他是有绘画天赋的，当然这也源于现实的需要，因为以卖画为生，众口难调，什么都得会。各种画中，他尤其擅长山水画，他喜欢画林木丛生、绝壁陡峭的大山水，估计这也是出于卖画的需要。当然他最为拿手的还是桂林的山水，毕竟这是熟悉的家乡的山水。他画的桂林山水行笔苍劲，笔致秀润，生意盎然。一旦画出了好的作品，他就以篆书署名，以示喜爱和郑重，这也算是一个小小的癖好。

罗存理有《孙期逐豕图》等作品传世，桂林博物馆还收藏有他的《李果直幅》及《山水直幅》等。在他的影响之下，他的儿子罗辰也同样成为一个文武双全的画家，罗辰的夫人、女儿也画画，一门三代都画画，体现出清代广西绘画的兴盛。

● 罗存理《李果直幅》
桂林博物馆藏

清代广西山水画之冠周位庚

周位庚也是广西临桂人，他出生比罗存理要晚一些，但同样是一位影响了几代人的画家。与罗存理不同的是，周位庚是一位文人画家。他是乾隆二十四年（1759 年）举人，乾隆二十八年（1763 年）进士。他的官职越做越大，由翰林院检讨、三通馆纂修、刑部主事、太平仓监督、大通桥监督总办、员外郎中，一直做到山西泽州知府等职。

作为一名文人官员，除了诗文之外，周位庚还爱好绘画，尤其喜欢山水画。他在京都做官时，是皇六子、皇十一子以及皇十六子（都是乾隆之子）等人的座上客，能见到很多历代绘画名家的真迹，他从中汲取营养，作为已用，并熔各家之长于一炉，创造出自己的风格。他的山水画宗法元人以及清代大画家石涛，并融汇北宋画家巨然和清代“四王”等诸家笔意。他的绘画强调用笔，全以笔墨取胜，极少渲染烘托，用笔苍劲圆润，行笔俊逸超脱，苍劲浑厚，风致高雅，甚有意趣，富有大家气派。他晚年以赭墨斧劈法画桂林山水，自成一家，被誉为“清代广西山水画之冠”。

● 周位庚《山水图》 广西壮族自治区博物馆藏

周位庚把绘画技法传授给了女婿李熙垣，后来李家绘画人才辈出，历经数代，在清代广西画坛上占有重要地位，对清代广西绘画艺术起着推动的作用。可惜的是周位庚晚年回到当时偏僻的广西生活，所以他的作品流传不广。

竹子有红色的吗？
——马秉良《朱竹直幅》

马秉良，乾隆三十九年（1774 年）生于广西桂林，回族人。这回族人是怎么定居于桂林的呢？这源于他那位富于浪漫情怀的九世祖。他的先祖本来是世居在北京的，到了他的九世祖听说桂林山水秀美，于是前来游览，游览之后竟流连忘返，干脆就在桂林定居了。这马秉良生得身材魁梧，胡子长达一尺，人称他马髯，这长相一看就像个武林高手，这不，道光年间，他考取了武生。

马秉良还小的时候，他的父亲就去世了。他写过一篇《桑愉吟草自序》，说自己年幼失学，没什么知识，也没什么爱好，长大了才知道要有些爱好，却又兴趣广泛不专一。刚开始学琴棋，但学不好就半途而废了。直到学了书画，就爱好成癖了。马秉良的书法主攻篆隶，绘画方面善画竹子。

他 34 岁时，画了一幅《云谷图》，原画上有众多公卿文士用各种书体写成的题咏，但原画及这些题咏都因战乱被大火焚毁，令人惋惜。从这些公卿文士的题咏中我们能了解到马秉良的书画艺术是非常高超的，才会引来这么多名流争相题咏。

现广西壮族自治区博物馆收藏有马秉良的《朱竹直幅》，该作品是他85岁时所画，竹子用朱砂画成，前面配一墨石，对比强烈，竹石以篆隶笔法画成，笔力多变而有力，显得很有气势，可见其绘画功力名不虚传。他之所以用朱砂画竹，是师法苏东坡，别人问苏东坡为什么要用红色画竹，竹子不是绿色的吗？苏东坡说，那你见过竹子是黑色的吗？既然不是黑色的，你们为什么又用黑色去画？为什么我就不能用红色去画竹呢？

马秉良《朱竹直幅》 广西壮族自治区博物馆藏

一门风雅李秉绶

清代广西最负盛名、最具才华的画家应该是李秉绶了。李秉绶，祖籍江西临川县温圳杨溪村（今属江西省进贤县温圳），他的父亲李宜民在乾隆时期就开始在桂林定居了。李秉绶曾官至工部都水司郎中，人称“李水部”。他后来辞官回桂林，专心画画。他和朱鹤年、汤贻芬等齐名，名列“乾嘉十六画人”，可见他在当时就很有名气了。李秉绶擅长画各种花卉，尤其是兰草竹石，更是秀挺纵逸，风韵飘然，自成一家。他画松梅花卉学的是明代陈淳，也学明代徐渭，清代石涛、华嵒等画家，落笔超逸，清新脱俗；他的兰竹专学钱载，行笔圆活，疏秀有致，看上去芬芳扑鼻。嘉庆十二年（1807年），李秉绶在桂林叠彩山风洞、七星岩洞口各刻的两幅兰竹，是桂林石刻中的珍品。其中，刻于叠彩山风洞洞口的两幅为风竹和露根兰；刻于七星岩洞口的两幅为摇曳于风雨中的兰竹。可惜的是，七星岩的兰竹石刻毁于“文化大革命”，仅余复制碑藏于桂海碑林博物馆。

李秉绶晚年定居在桂林榕湖西岸，并在叠彩山的白鹤洞下修建画室，取名“环碧园”。环碧园是当时在桂林的文人墨客经常

聚会之处，李秉绶还曾聘请当时江苏的名画家孟丽堂（觐乙）、宋藕塘（光宝）到环碧园教授花卉，居巢、居廉、宋绍濂等人均在此学画，是清代广西重要的绘画教育机构，影响深远。

李秉绶的父、兄、侄、儿等在桂林历史上很有名气，他的父亲李宜民以盐业起家，捐钱修建桂林华盖庵，刻金刚经和十六尊者像，很得桂林人称颂，现在十六尊者像仍流传。他的兄长李秉礼工诗，嗜书画，好结交，文人画家都是他家中的常客。他另外两个哥哥李秉钺和李秉铨，一个工篆隶善山水，一个善篆隶写墨兰。他的儿子李宗涵工花竹、翎毛；侄子李宗桂 8 岁即懂书画，竹石也画得很好；侄子李宗瀚的书法堪称李家一绝。因而，李氏家族在当时有“一门风雅”之称。其中尤其以李秉礼、李秉绶、李宗瀚成就最突出，最具影响，并称“诗书画三绝”。

李秉绶所画《李芸甫杂卉十六叶》为桂林市地方史志总编室所珍藏。广西壮族自治区博物馆收藏有李秉绶的《兰花图轴》，该画充分体现了李秉绶绘写兰花的高超技艺。

● 李秉绶《兰花图轴》
广西壮族自治区博物馆藏

“漓江三绝”罗辰

罗辰是罗存理的儿子，他跟随文武双全的父亲学习武术和绘画，有过之而无不及，可谓是“青出于蓝而胜于蓝”，尤其在诗、书、画方面被当时人们誉为“漓江三绝”。

罗辰在嘉庆元年（1796 年）参加科举考试，中了秀才。后来参加乡试，没有中举，于是便参加武举考试，成为一名武生。道光三年（1823 年），两广总督阮元聘请罗辰为幕宾，从此罗辰开始了长达 12 年的幕僚生涯，先后在阮元、广州将军庆保和两广总督李鸿宾等人那里做幕僚。做幕僚的期间，作为武生出身的罗辰，却是以画出名，他画了《画牡丹为阮芸台宫保寿》，并为湖广总督吴荣光画了《游踪图》，声震画坛。

罗辰的代表作是《桂林山水图》，共 33 幅，其中桂林山水图占 22 幅，另有附近州县的山水图 11 幅。他的作品画出了桂林山水的意蕴，在当时便被复制印刷，广受人们喜爱。同治年间孙枟的《墨余偶谈》记载道：“粤西岩洞，美不胜收，临桂名士罗星桥先生辰，刊有《桂林山水图》一册，诗画双绝。游山者手携一编，可为助胜之具。余《桂林杂咏》一首云：‘桂林山水特离

● 罗辰
《桂林山水图之象山》

奇，说与游人半信疑。赖是星桥笔一枝，无声诗写有声诗。’即谓此也。”黄宾虹的《桂游日记》也有朋友赠给他《桂林山水图》复制本的记载：“戊辰初夏，拟作桂江之游，山阴诸贞长君携罗星桥君所绘桂林山水暨《芙蓉池馆诗草》四册赠余。书版镌于道光辛卯（1831 年）……”可见罗辰的绘画在当时就已具有很大的影响了。

罗辰的作品法度严谨，传统功力深厚，用笔多变而笔力劲健圆润，设色淡雅而清新脱俗，飘逸有致，有着较高的艺术境界。他有不少作品传世，广西壮族自治区博物馆、桂林博物馆均收藏有他的多幅作品。

罗辰的妻子查瑶溪，也能诗善画。罗辰的女儿罗杏初，继承了罗辰的花卉画法，并在动物画方面别有心裁，所画的蜂、蝶、蝉、雀等精致传神。罗氏三代成为清代广西重要的画家。

永福李氏一门之祖李熙垣

清代广西画坛有不少传奇人物，前面提到的罗存理、罗辰父子，不仅绘画艺术高超，同时还是武功高手。这里要讲的李熙垣也是个传奇人物。

李熙垣是前面提到的那位高官文人画家周位庚的女婿，能做上知州的乘龙快婿，对于他来说也不算太高攀，因为他的出身也不低。他祖父是雍正十三年（1735 年）举人，父亲李树乔是乾隆举人，任广东增城知县。伯父李树瑞为乾隆庚寅举人，任象州学正。

李熙垣也已经考至道光恩贡，但他终生不仕，钻研医术，救治乡里。不过他的弟弟、儿子、侄子等均中举为官，曾经“一门三进士，父子五登科”，十分显赫。他隐居于家乡永福崇山村，随岳父周位庚习画，并教他的子侄，所以李家以书画相传，先后八代不衰，有“李氏一门，画笔如林”之誉。第一代有李熙垣、李孔淳兄弟的山水、花卉、书法；第二代有李冕、李益寿、李吉寿、李洵的山水、花鸟、人物、书法等；第三代有李纪瑞、李纪年的山水、书法；第四代有李翰华、李琪华、李岱华、李起华等

● 李熙垣《山水图轴》
广西壮族自治区博物馆藏

的墨梅、山水、书法等。李家在清代广西画坛占有重要的地位。

李熙垣书法学米芾，山水学周位庚，晚年师法倪瓒、黄公望，他一生致力于山水，笔墨浑圆，构图严谨，雄奇浑厚，有“冰清玉润”的称誉。他一生作画很多，其中以《江行图》最为著名。《江行图》山水画册是道光十七年（1837 年）李熙垣 57 岁时，应山西为官的弟弟李孔淳之邀而作的“江行”，共画了 35 幅，一画一诗，布局清新，笔法灵活多变，用墨干湿相宜，整件作品一气呵成，意境高旷，气韵生动，神完气足。

广西壮族自治区博物馆、桂林博物馆存有李熙垣多幅作品，其中广西壮族自治区博物馆收藏有他的《山水图轴》《仿唐岱山水》等，丘壑幽深，法度谨严，格调高古，具有较强的艺术感染力。

深得家传的大画家李冕

● 李冕《寒山古木直幅》
广西壮族自治区博物馆藏

李熙垣的次子李冕，他的山水可以说是深得家法，以用笔去表现山水的意境，这是自他的外祖父周位庚开始就确立的艺术追求目标。广西壮族自治区博物馆收藏有他的《寒山古木直幅》，该作品充分体现了他的艺术追求和艺术境界。这幅作品以淡墨勾勒点染，疏松处看似不经意而有逸致，着力处则笔力遒劲，入木三分。整幅作品表现出了寒山古木的萧瑟之境，充分体现了李冕高超的艺术境界。李冕中年致力于兰竹，造诣也颇深，题款有郑板桥风趣。广西壮族自治区博物馆、桂林博物馆均存有他的多幅作品。

爱梅画梅的梅花馆主李吉寿

李吉寿是李熙垣的第六个儿子，也是最有出息的一个。他于道光二十三年（1843 年）中举人，后来官至四川名山知县。

李吉寿擅长绘画，尤其喜欢画梅。他 8 岁开始随父亲李熙垣学画，为了研究梅、菊，他后来在庭园中种了 72 种菊花，21 种梅花，自称梅花馆主。历代有很多画家都画过梅花，而清代最为有名的当属金农。李吉寿画梅就是师法金农，用笔和境界颇能得其意趣。除了善于画梅，李吉寿也善画山水，他临摹古人的作品非常逼真，可见传统笔墨功夫是相当深厚的。李吉寿晚年笔墨更为精到，集诸家之长于一身，所画树石、花卉、鸟兽、人物无不精细妙绝。此外他也擅长书法，以隶书见长，工整秀丽。他的草书、篆书也有法度。

广西壮族自治区博物馆、桂林博物馆收藏有李吉寿《古干梅树图轴》数幅。

● 李吉寿《古干梅树图轴》
广西壮族自治区博物馆藏

古文大家王拯的书画

王拯，广西马平（今柳州）人。道光二十一年（1841 年）进士，官至通政使。王拯是广西清代非常了不起的一名文人官员，《清史稿》都有他的传记，可见他的地位。王拯出身贫寒，自幼父母双亡，他 7 岁便投靠守寡的姐姐，姐姐以给人洗衣为生，对王拯寄予很高的期望，每天清晨起来洗衣时都叫他起来读书写字。王拯做了大官后专门请陈鑅画《媭砧课诵图》纪念此事，他还为此画写了篇序，这篇序写得情感真挚，文采飞扬，让人读后无不为他凄凉的身世而感慨，为他姐姐的远见卓识而敬佩，被他们的姐弟情深所感动。《续修四库全书提要》称之为“沉痛已极，发于至性，真乃神似归有光”，数十位高官文人赞咏题跋。王拯在京城时，与广西籍的朱琦、龙启瑞等以及其他一批文人投靠到桐城派后期最重要的领军人物梅曾亮门下，成为桐城派古文流衍广西的代表人物之一。他在古文方面有较高的成就，与吕璜、朱琦、龙

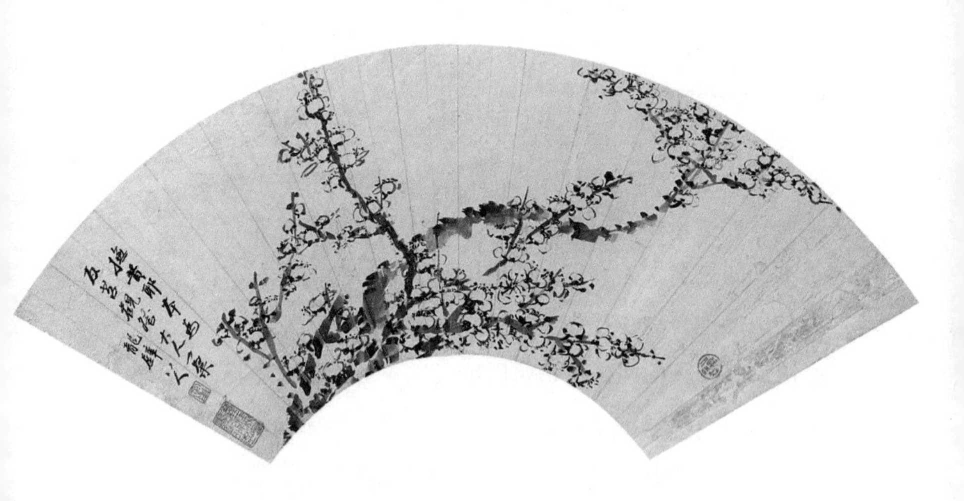

● 王拯《墨梅》 桂林图书馆藏

启瑞被称为粤西古文大家。作为一名在古文方面有很高修养的文人，王拯对书画艺术也有涉猎，笔墨不凡。他的书法学颜真卿，爱画墨梅、兰，不过只是文人修身养性的笔墨情趣，缺乏个性和创新。

难得的写生精品

——谢元麒《独秀山水图》

谢元麒，广西桂林人。光绪十二年（1886 年）进士。谢元麒词作得好，他在京城时与广西籍的王鹏运、唐景崧等人，经常雅聚在广西籍状元龙启瑞儿子龙继栋的宅第“觅句堂”举办诗酒文会，他们被称为“临桂词派”，这一词派是清“词中兴”在全国有影响的最后一个流派，谢元麒作为其中一员，文学修养可以说是相当深厚。诗词之外，谢元麒的绘画修养也很高，他的山水宗法“四王”。花鸟竹石禽虫设色艳丽，师法恽寿平、蒋廷锡两家。广西壮族自治区博物馆和桂林图书馆均收藏有其山水扇面，其中广西壮族自治区博物馆所藏其《独秀山水图》扇面，用笔点皴随意，而意韵浑成，状物谨严，是清代画家写生桂林山水难得的珍品。

● 谢元麒《独秀山水图》
广西壮族自治区博物馆藏

善画猿猴的职业画家马荣升

马荣升，光绪年间广西桂林人。他是一位以卖画为生的职业画家，以画猿猴而闻名乡里，他很善于画猿猴爬树攀藤的姿态，所画的猿猴惟妙惟肖，非常生动。有人求画，多至百只，少至半面，他看给多少酬金来决定画多少只猴子，他的价格一般是一两银子一只，当时一两银子差不多可以买两担米了，所以他的画价还算挺高的。桂林博物馆收藏有马荣升画的一幅《蜂猴图》，一棵老树下，右边两只猴子坐在倾斜的石头上。猴子一正一背，正面的猴子刻画具体，姿态和神态都很生动。另一只猴子虽然只见侧背，但姿态也很生动。空中有一只蜜蜂飞舞，取的是“封侯（蜂猴）”之意。

● 马荣升《蜂猴图》
桂林博物馆藏

爱喝酒的穷画家宋培基

宋培基，光绪年间广西临桂人。他擅长画山水，学“四王”，用笔得王翚遗法。宋培基爱喝酒，朋友如果有酒招待的话，他乘兴作画，可以一气呵成十余幅。每幅落款数语，或者题诗一首，均秀逸隽雅。据传他刚开始学画的时候很穷，想用扇面试试笔，但是没有钱去买，路上看见有一个上学的小孩手上有一面白扇，就买了饼作为诱饵引诱小孩换扇，可见是落魄至极。宋培基成名之后，有人向他索画，如果他不给，别人就拿这件事来损他。广西壮族自治区博物馆收藏有他的多幅山水作品，尺幅较大的，画得气势磅礴、法度谨严，小幅的则逸笔洒脱，气韵生动。

● 宋培基《山水图轴》
广西壮族自治区博物馆藏

桂林风景宣传大使张祥河

张祥河，娄县（今上海松江）人。嘉庆二十五年（1820 年）进士，曾经做到工部尚书。张祥河爱好书画，他的花卉学明代大画家徐渭、陈淳，也有自己的面貌，风格清劲潇洒，比较善于画梅；他的山水画则学清初大画家石涛，笔力劲健，气韵有文人

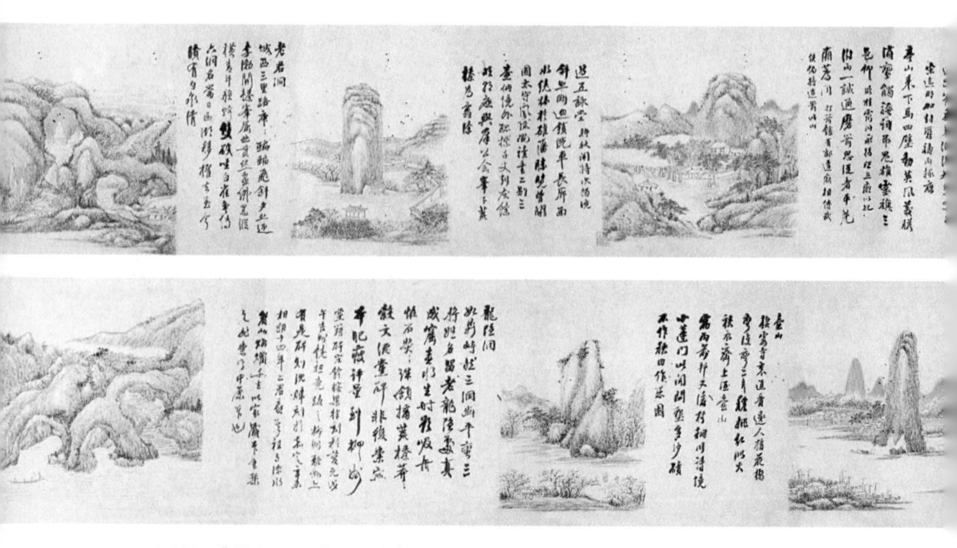

● 张祥河《桂林名胜诗画图卷》局部　广西壮族自治区博物馆藏

气，有独到之处。他的书法学他的从祖张照，圆润浑厚，自成一家，善于写大字。

张祥河在道光二十四年至二十五年间（1844—1845 年）到桂林任布政使，任职两年，其间他画了《桂林名胜诗画图卷》（现藏于广西壮族自治区博物馆）共 18 幅，计有叠彩山、象鼻山、月牙山、栖霞洞、还珠洞、龙隐洞等，每幅均有题诗。以细笔短线绘制桂林名胜，状物谨严而得生趣，秀丽劲健而富书卷气。题诗书法有米芾遗韵。

张祥河在桂林的时间虽短，却留下了描绘桂林景物的画作，为后人提供了珍贵的范例。

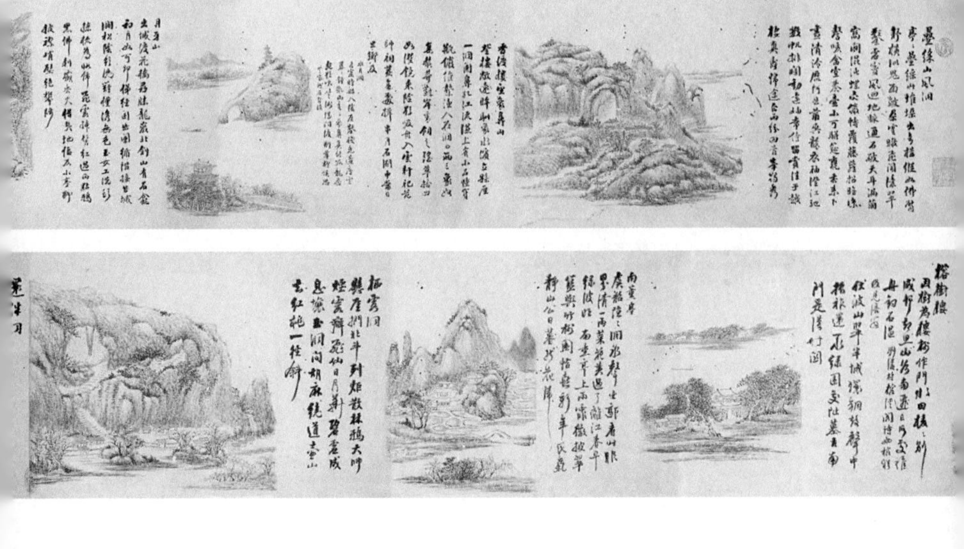

文人官员画兰

——宋思仁《清芬自怡图卷》

宋思仁，长洲（今江苏苏州）人。长洲的绘画传统非常兴盛，明代著名的“吴门画派”创始人沈周、文徵明等都是地道的长洲人。宋思仁在这样的环境中成长，自然是具有良好的艺术修养。他爱好收藏，收藏有很多古印章，对书画艺术他也是非常精通，善画山水、花木，尤其擅长画兰竹。

宋思仁曾在安徽、四川、广西、山东做官，后来做到了山东

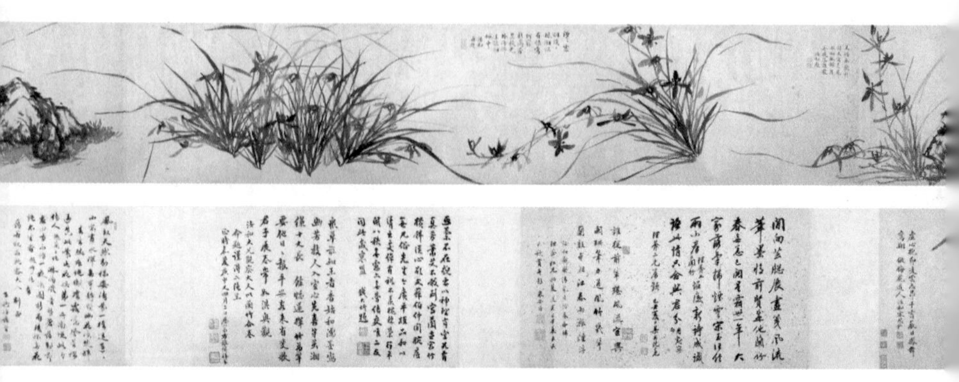

● 宋思仁《清芬自怡图卷》　广西壮族自治区博物馆藏

粮道，专门管粮食运输。他当官时的名声挺不错的，据记载项羽墓、刘禹锡的陋室都是他重修的。乾隆四十年（1775 年）宋思仁任横州（现广西横州市）知州时，曾给书院增加经费，可见他对文化的重视，也是他仁政的体现。乾隆四十二年（1777 年）宋思仁任柳州府知府，因此现在柳州市柳侯祠内，收藏有一幅宋思仁的兰花石刻。

广西壮族自治区博物馆收藏有宋思仁的兰花图卷《清芬自怡图卷》，该画是他 71 岁时所作。画中有兰草数株，有的有石头掩映，有的是无根之兰，俯仰有致，顾盼生姿，疏密得当。他的用笔秀挺，变化多姿，腕底如有清风，满纸一片生机，有如清芬徐来。文人画兰，通常是以其独自芬芳而自喻，宋思仁这幅充满着文人画气息的兰花长卷，是他为人、为官高尚品格的写照。

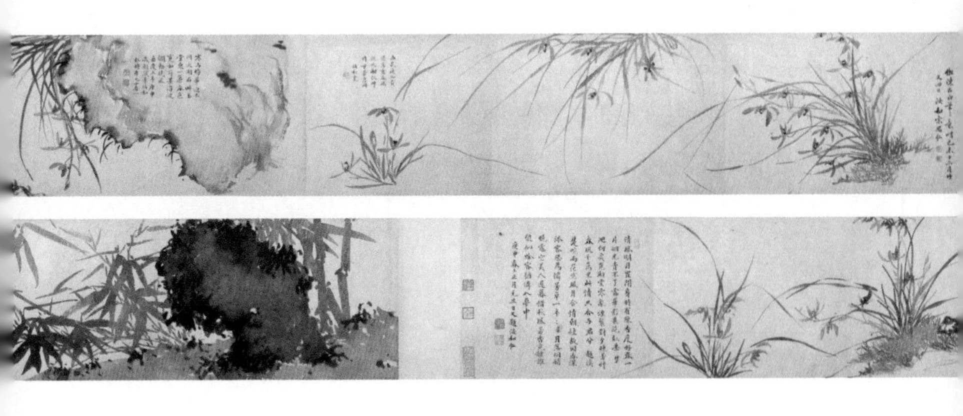

父母官黄玉柱爱书画

黄玉柱，福建闽县（今福建福州）人。咸丰五年（1855 年）他在福建中举，咸丰九年（1859 年）以知县的身份到了广西，补授思恩县知县，调补兴业县、贺县知县。后来又历署宜山、武缘、贵县、苍梧、宣化、临桂、桂平等县知县，他可算是做了大半个广西的父母官了。黄玉柱喜爱书画，尤其喜欢写隶书，善画松竹，偶尔也画虎，画得很不错。他的兰石图，笔力挺秀，高雅成趣。松竹则苍劲奇崛，雄浑高古。他著有《六宜书屋诗草》书画题跋传世。广西壮族自治区博物馆收藏有他的《松鹤图》《墨竹直幅》等，这些画重笔浓墨、沉郁厚重，自成一格。

● 黄玉柱《松鹤图》
广西壮族自治区博物馆藏

杜撰出来的遇仙图

——梧州《韩雍遇仙碑》

如果有人跟你说他遇到神仙了，还得赠了一把宝剑，你会信吗？你肯定会说这是骗小孩的吧！可偏偏就有人敢“光明正大”地骗人，而且骗的还不是别人，而是要克敌攻坚的朝廷大军。这个说谎不脸红的人就是率领官兵要剿杀“暴民”的朝廷命官韩雍。

明朝正统年间，桂平的瑶民侯大苟率领大藤峡地区的农民反抗明王朝暴虐的统治，一时农民军有数万人，分步兵、骑兵、水兵三路大军攻克了柳州、浔州、梧州3府10多个县。朝廷非常震惊和愤怒，派浙江布政司左参政韩雍率领官军征剿大藤峡义军。韩雍驻军梧州，为了让明军的士兵忠心为朝廷卖命，他编造了一个在桥上“遇仙赠剑”的故事，说他在一座桥上遇到了神仙吕洞宾，吕洞宾赠给他一把宝剑，有了这把宝剑，杀敌将无往不利。他无非是想借助这个故事，说明围剿大藤峡地区的农民起义军是有神仙相助的，必胜无疑，以此来鼓舞士气。明眼人一看就知道是编造的事，但韩雍却要把戏份做足，他把那座桥命名为“会仙桥”，并建了个“吕仙祠”，还让人刻了一幅《韩雍会

●《韩雍遇仙碑》
梧州市博物馆藏

仙图》立在桥边。恐怕他是连自己也要骗了。《韩雍会仙图》原碑已经被毁了，现存的是清同治四年（1865 年）重刻的，收藏在梧州市博物馆。

现在的碑左下角有残缺，碑上刻有两个人，左边的是韩雍，右边是神仙吕洞宾。两个人面对面站着，韩雍双手拢着袖子抱在胸前，神态谦恭，面带微笑。吕洞宾背着宝剑，右手拿着一把拂尘，身体略向前倾，须发飘逸，颇有仙风道骨之气。全图以线表现，线条流畅，富有弹性，讲究用笔的抑扬顿挫，注意疏密的节奏组织，既表现了人物的结构和形象，又有气韵生动的审美，是一幅具有一定艺术性的人物线刻作品。韩雍杜撰了一个遇仙的故事，却给我们留下了一幅艺术作品。

袁枚的桂林诗刻

明朝中晚期有个奇才叫作王阳明，他学问很大，是“心学”的祖师爷。相对于注重理性和礼法的理学而言，心学很强调良知。王阳明心学思想在晚明影响很大，在文学方面就产生了一个门派——“性灵派”，这一派以袁宗道、袁宏道、袁中道三兄弟为代表。因为他们家在湖北荆州公安县，所以有人称他们为“公安派”。

百年后，清代乾隆时期，又有一位姓袁的发挥了性灵派的学说，成为清代“性灵派”掌门，他就是随园主人袁枚。

袁枚，浙江杭州人，清代文学家，字子才，是个才子，年轻时就很有名气。乾隆四年（1739 年）中进士。乾隆十四年（1749 年）辞官隐居于南京小仓山随园，广收弟子，其中，女学生尤其多。

袁枚跟性灵的桂林山水是很有缘分的，据说，他曾经两次来桂林。

第一次是在乾隆元年（1736 年）。那年，袁枚 20 岁，到桂林探望他叔叔袁鸿，袁鸿当时在广西巡抚金鉷手下做幕僚。年轻有才的袁枚来到桂林，在叔叔的引荐下见到了巡抚大人，巡抚听

● 袁枚《游风洞登高望仙鹤明月诸峰》
桂林叠彩山风洞

说这个年轻人很有才，就请他写篇文章，袁枚当即写了一篇《铜鼓赋》，巡抚一看，大为赞叹，并推荐他赴京参加博学鸿词科考试，后来袁枚果然中进士。

第二次是乾隆四十九年（1784 年）。这一年秋天，68 岁的袁枚大概是专程来游桂林的，从九月到十月大概待了两个月，袁枚游遍桂林山水，写下了 30 多首诗，描写了灵秀多姿的桂林山水，抒发了重游桂林的美好体验。其中有一些诗刻在了桂林的山岩上，桂林叠彩山风洞和独秀峰都有他的诗刻。

从袁枚桂林诗刻来看，袁枚不但文学成就一流，书法水平也是一流。清代前期，从康熙到乾隆时期的一百多年，清代书坛最流行的是董其昌和赵孟頫的书法。赵董书风出自王羲之，流媚秀雅，非常符合性灵派掌门的格调气质。袁枚桂林诗刻大都接近赵董书风，风流倜傥、秀逸流美，可谓是书如其人、文如其人，难怪在南京有那么多女弟子呢。

封疆大吏隐山躲寿辰
——阮元《隐山铭》

清代中期，文字狱兴起，金石学也兴起，很多文人投到探索金石碑刻中去，这种风气蔓延朝野。其中有一位叫阮元，曾多次来广西巡查，还留了书法碑刻。

阮元，江苏扬州人。清朝经学家、金石学家、书法家。乾隆五十四年（1789 年）中进士，历经乾隆、嘉庆、道光三朝不倒，曾做过九省封疆大吏，历官所至，政绩卓著。跟广西有关的是，嘉庆二十二年（1817 年）至道光六年（1826 年），阮元任两广总督，十年间先后六次巡视广西。

嘉庆二十三年（1818 年）十一月，阮元来广西巡视，直至次年正月还在桂林。正月二十四是阮元生日，若是贪官，巴不得一年过好几回生日。阮元可不是那样的人，越是碰到过生日，他越是故意躲开。这一年生日，阮元躲哪儿了呢？桂林有个地方叫隐山，是唐朝时候李渤开掘的一处名胜。山名起得好，隐山隐山，隐藏起来的山，生日那天阮元就隐藏到了隐山。阮元独自躲到隐山赏石喝茶，穿行六洞，寻访摩崖碑刻，还泼墨挥毫，把这“一日小隐”题写到了山壁之上，是为《隐山铭》。

● 阮元《隐山铭》
桂林隐山

阮元所题刻《隐山铭》在桂林隐山北牖洞洞口石壁上，嘉庆二十四年（1819年）题刻，楷书。从这幅题字来看，阮元楷书主要取法颜真卿和赵孟頫，笔画平正，粗细变化不大，结字宽和，布置均匀，稳如泰山。阮元做官平步青云，三朝不倒，从字的从容大度中可见。

作为书法家的阮元，参照经学南北派别和碑帖各自特征提出了“南北书派”和“北碑南帖”两个重要论断，在清代书法史上占据重要地位，后来经过包世臣和康有为进一步发展弘扬，“碑学”和“碑派”逐渐被推崇，跟“帖学”和“帖派”平起平坐，这种影响，直到20世纪乃至今天，依然犹存。

省长夫人的诗歌与书法
——严永华《叠彩山诗刻》

光绪十三年（1887 年）冬，桂林来了一对才华出众的伉俪，沈秉成出任广西巡抚携妻儿到桂林，夫人是才女严永华。

沈秉成，浙江湖州人，官至广西、安徽巡抚，署两江总督，诗书兼善，雅好书画、金石收藏，是晚清一位著名藏家。

严永华，浙江桐乡人，出身书香名门，是沈秉成的第三任夫人。书画兼善，诗词曲赋写得也好，懂音乐，是晚清少有的才女。

光绪十五年（1889 年）五月，严永华本来打算带着儿子回乡参加乡考，但是，桂林的烟雨不愿才女离开，丝雨连绵无绝期，江水暴涨，严永华只好暂留桂林，游山玩水打发时间，等候天气好转。

这一日，严永华和儿子、外甥、侄女四人登上叠彩山游览。看到百里桂林，奇峰跌宕，严永华诗意来了，于是提笔作诗，刻于叠彩山石壁上。诗中除了写桂林的景色，还写了桂林人的性格就像桂林的山一样，质朴直爽，“斯人多质直，山亦无修容”。

严永华这件《叠彩山诗刻》诗作得好，书法也很出彩。正文以隶书书写，文末有行楷题跋。严永华隶书取法汉代《乙瑛碑》

● 严永华《叠彩山诗刻》 桂林叠彩山

《礼器碑》等名碑风格，用笔蚕头燕尾，字形方正，风格雍容典雅。文末三列题跋为行楷书，接近王羲之、赵孟頫行楷风格，神采奕奕，跟隶书风格配搭得非常契合。

“镇南关”广西名将的书法气势非凡
——苏元春榜书《“一大垒城”并记》

晚清政府腐败自大，闭关锁国，国力衰落，列强纷纭而至。1883年年底至1885年春，在中越边境和广西西南地区，爆发了中法战争，镇南关大捷就发生在这里。

镇南关，今称友谊关，位于广西凭祥市西南，始建于两千多年前的西汉，是中国南疆重要关口。领导取得镇南关大捷的是冯子材。其实，冯子材取胜得益于一位广西将领的支持，这人叫苏元春。

苏元春，广西永安人，清末湘军将领。苏元春生于争斗中，死于争斗中。他父亲苏保德曾任永安州团总，被太平军杀害。他哥哥苏元璋和他为报父仇，先加入天地会，后投曾国藩的湘军，由于作战勇猛，立了功，苏元春先升为百夫长，后升任管带，再升任参将，之后又升为副将、总兵，后又升任提督。

中法战争爆发后，清军一败再败。广西巡抚徐延旭被革职，清廷命湖南巡抚潘鼎新接任。1884年4月，苏元春统领的两千多名防军奉命开赴广西，进入越南抗击法军。6月，苏元春被任命为广西提督，统领在越南的桂军。1885年2月，苏元春率军退守

● 苏元春《“一大垒城”并记》崇左凭祥白玉洞

凭祥，协助主帅冯子材指挥战斗，在镇南关关前隘构筑长墙，为镇南关大捷作出重要保障。中法战争结束后，清政府命苏元春以广西提督兼任广西边防督办。此后近二十年，苏元春统军镇守边疆。

凭祥大连城白玉洞是当时苏元春的作战指挥所，有苏元春所题《“一大垒城”并记》摩崖刻石，该刻石刻于光绪十六年（1890年），“一大垒城”四个榜书大字为行书，字大如斗，笔势连贯，气势磅礴。旁边五列楷书题跋，典型的颜体书风，近《家庙碑》笔法，整件作品，端庄大度，威武雄壮，不愧一代名将气象。

康南海桂林行

——康有为《素洞题刻》

康有为（人称“康南海”）是晚清历史上的风云人物，领导“公车上书”，策动戊戌变法，不但如此，他还是中国书法史上“碑学”理论的奠基人、“碑派”领袖，是书法理论与实践兼善的名家。

说起来，康有为跟桂林渊源非常深，曾经两度来桂林，宣传维新思想。康有为来桂林跟一个叫龙泽厚的桂林籍门生关系密切。

康有为第一次来桂林是光绪二十年（1894 年）冬天，那一年，康有为 36 岁。康有为是广东南海县 (今佛山市南海区) 人。1891 年，康有为在广州万木草堂开馆授徒，宣传对传统儒学的新看法，写成了《新学伪经考》，在广东名声大振。但后来树大招风，康有为在广州宣传异端思想，被人弹劾了，结果他写的书成为禁书被销毁，学堂被封，康有为在广东待不下去了，此时想到了龙泽厚。龙泽厚是 1892 年拜入康有为门下的桂林籍学生，家底丰厚，还是官场中人，曾力邀康有为来桂林讲学。于是，康有为于 1894 年 11 月从广州出发，经梧州沿着漓江水路到桂林，

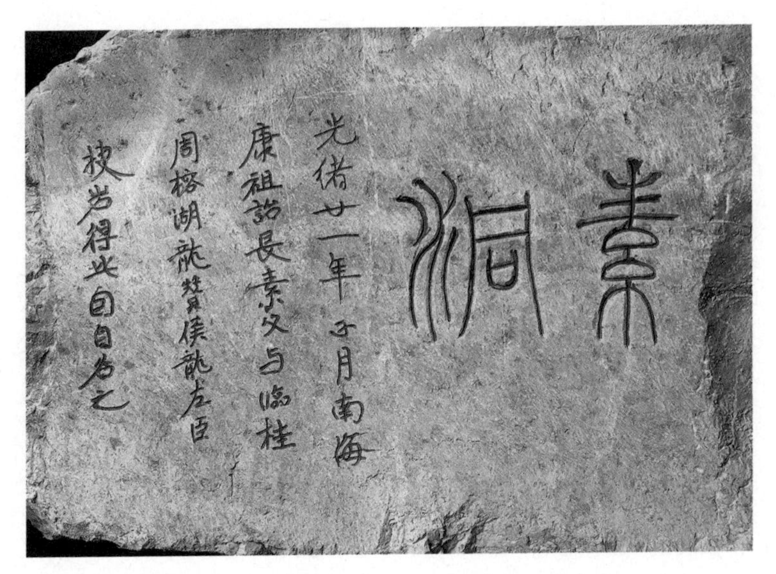

● 康有为《素洞题刻》 桂林叠彩山

龙泽厚全程招待，安排了康南海桂林讲学，这一讲就是 40 天。这一次康有为讲学收效不是很大。讲学之余，康有为游览了桂林山水，在叠彩山上用自己的姓与号题写了两个洞，“康岩”“素洞”（康有为号长素）。书体是篆书，还有一段康体行楷题跋。如今，素洞还在，康岩已毁。另外，康有为在龙隐岩见到蔡京《元祐党籍碑》摩崖石刻的时候，感慨万千，想到自己不就是如同正义的元祐党人被奸人所害至此嘛，于是奋笔疾书题写了一段抒情题跋。可惜，戊戌变法失败后，题跋大部分被毁了。

康有为第二次来桂林是在 1897 年正月。1895 年，大清甲午

战败，康有为领导“公车上书”，声名鹊起。康有为这回是坐着花轿来桂林讲学，弟子门生不用说了，就是地方上头头脑脑都来蹭热度、混脸熟，地方政要岑春煊、唐景崧等给予大力支持。康有为设立了圣学会、成立了广仁学堂、创办了《广仁报》，宣传维新变法思想，这一回，康有为在桂林待了近半年。可谓风生水起，大放异彩。康有为再次来到《元祐党籍碑》时，又是别有一番滋味在心头，当即挥毫作诗，“只今龙隐岩边路，却为遗碑动马尘”。

康有为《素洞题刻》“素洞”二字为秦小篆，但用笔结字明显受到晚清赵之谦篆书影响，有些笔画不是回锋，而是硬折起笔，圆转弧线笔画偏于扁。康有为行楷题字则是典型的康体，出自北碑《石门铭》和唐碑《碧落碑》，直画平长，多转笔而少折笔，结体开张，书风大气雄强。

后 记

◆

在不了解广西历史的人看来，广西似乎是文化荒漠蛮夷之地，然而事实上并非如此，广西有着自己绚烂的文化。

十多年前，时任广西文联主席的潘琦先生就提出了“桂文化”的概念，后来成立了广西桂学研究会。广西桂学研究会的研究课题中有广西美术史和广西书法史两项内容。

我们分别承担了这两个课题的研究工作，撰写了《广西美术发展史》（与谢麟合著）和《广西书法史》。《广西美术发展史》经过查找资料、田野调查和撰写，历时7年，梳理了从史前至2016年广西美术发展的历史，填补了广西美术史著作的空白。《广西书法史》耗时3年，作者翻阅了大量广西书法文化历史资料，咨询了有关专家，得到了黄家城先生和周其厚教授鼎力相助，走访了桂林摩崖书法集中的一些景区，采取文献和实地考察相结合的办法，简要地梳理了广西摩崖书法基本情况，在此基础上，结合中国书法史基本演进，形成了自己的广西书法史观，这是广西历史上第一部书法史。

我们本素不相识，却因《广西历代书画》一书走到了一起。

先是孟远烘承接了此书的写作任务，在寻找书法方面的作者时，韦渊博士推荐了颜以琳，于是这两个儒门圣贤（孟子、颜子）之后，为广西文化尽了自己的一份力量。

《广西历代书画》在上述著作的基础上，按照基础普及的定位要求，选取了历代广西书画的一些代表作，选取依据首先是书画的水平，其次是兼顾其在书画史上的地位；另外，书法方面尽可能选取在广西境内、有相对清晰拓片的碑刻，作品名称按照书画历史书写习惯，以书画家冠名而非以文章作者冠名。在写作的语言风格上，我们尽可能做到通俗易读，有一定趣味性。书中图片有实物图、拓片、原作和实景图等形式，在图注上均相应标出馆藏地或实景地，以给读者提供更多的文物保存信息。

本书绘画方面的内容是由孟远烘撰写的，书法方面的内容是由颜以琳撰写的，最后由孟远烘统稿。此次撰稿，得到了广西壮族自治区党委宣传部和广西美术出版社领导的大力支持，感谢潘海清和霍晨洋两位编辑的辛苦付出，图片由广西壮族自治区博物馆、桂林博物馆、桂海碑林博物馆、合浦县博物馆、桂林图书馆等机构提供，在此表示感谢！借此机会，也向在广西一直关心、支持和帮助我们的师友表示感谢！

由于学识有限，书中不免会有错漏之处，敬请方家不吝指正！

孟远烘　颜以琳

2021 年 6 月